Der Untergang Mekkas im Mangfalltal

AF166810

Historischer Roman
von
Volker Lindner

Titelbild von Johanna Lindner

Herstellung und Verlag
BoD – Books on Demand, Norderstedt
ISBN 978-3-7386-2747-3

Prolog

Sie waren unendlich traurig darüber, ihn getötet zu haben. Gewiss – er hatte ihnen keine Wahl gelassen. Er hatte sie bedroht, er hatte sie beschimpft, er hatte sie verflucht, und vor allem, er hatte unglaublichen Mut besessen gepaart mit einem kämpferischen Können, das seinesgleichen suchte. So verwegen und undurchsichtig, so faszinierend und erfolgreich seine Aktionen vorher auf der Salzburger Burg gewesen waren, so wahnwitzig und überheblich war seine Selbstverständlichkeit, es mit zwei fast ebenbürtigen Gegnern gleichzeitig aufzunehmen. Mit zwei Gegnern, die sich bis dahin in ihrer noch jugendlichen Leichtigkeit als unbesiegbar betrachteten. Mit zwei Gegnern, die nun eine Lehre erhielten, obwohl sie letztendlich doch den Kampf als Sieger beendeten. Er oder sie, sein Leben oder ihres, er hatte ihnen keine Wahl gelassen. Sie mussten folgerichtig ihn also töten, doch sie waren unendlich traurig darüber - denn sie betrachteten ihn als Freund. Bei allem Hass, den er unerklärlicherweise über sie ausschüttete, er war ihr Freund, nichts anderes.

Und als er tot war, achteten sie ihn nicht nur als Freund, sondern als einen Ritter, einen Kämpfer der Sonderklasse. Zusammen mit dem Hauptmann der Salzburger Büttel sorgten sie dafür, dass er ein Grab bekam, das seiner würdig war. Entgegen dem wütenden Protest des zuständigen Pfarrers hatten sie darüber hinaus ihm sein Schwert mit in den Sarg gelegt.

Eine Zeitlang ließ dieser Hassausbruch, dieses unheimliche Können die beiden jungen Ritter des herzoglichen geheimen Dienstes, Stephan von Tiers und Raimund von Fulinpach, rätseln über das Warum. Aus welchem Grund hatte der ungefähr gleichaltrige Gerold von Wiesenfeld all diese Anschläge auf den Fürst-Bischof zu Salzburg verübt ? Aus welchem Grund, zu welchem Zweck oder in wessen Auftrag ? Weshalb war er fähig gewesen zu kämpfen wie ein Magier aus einer Sage ? Was hatte diesen erbitterten Hass verursacht, mit dem er sie, die sich als seine Freunde betrachteten, mit dem er sie geradezu überschüttet hatte ?

Zu einem Teil wurden ihre Fragen beantwortet, als sie sich zum Bericht in der Residenz eingefunden hatten. Der Herzog war mittlerweile vom geheimen Dienst der Kirche gewarnt worden, dass vom islamischen Machtbereich Cordobas Attentäter ausgeschickt worden seien, doch konnte niemand sagen, wohin und mit welchen Aufträgen, und genauso wenig, ob Männer, Frauen oder gar Kinder.

Für den Schwarzen und den Weißen, wie die beiden jungen Ritter bei ihren Kameraden hießen - Stephan war weißblond und Raimund besaß pechschwarze Haare - für die beiden also blieb im Dunkeln, welche Motive und welche Ursachen hinter dem Warum standen. Nach außen hin hatten sie ihren Auftrag erfolgreich erledigt : Die Anschläge waren gestoppt, der Täter war ermittelt, weitere Verbrechen wurden verhindert.

Im Laufe der Zeit verblasste das vordergründige Warum, aktuelle Geschehnisse, neue Aufträge verdrängten es in den weiten Nebel der Erinnerungen.

Was blieb, war das Bewusstsein, einen Freund verloren zu haben.

Bis nach drei Jahren etwas geschah, das das Warum wieder ganz in den Vordergrund rückte - und für die beiden jungen Ritter aus dem herzoglichen geheimen Dienst den getöteten Freund wieder aufleben ließ.

* * *

Der Salzburger Büttel Ferdl schüttelte den Kopf, als sein Vorgesetzter Hauptmann Albert den Raum betrat, er schüttelte den Kopf, dass seine langen Haare im schmalen Streifen Sonnenlicht, mehr ließ das kleine Fenster nicht zu, fast leuchtend herumwirbelten.

„Bin ich froh, dass Ihr kommt, Hauptmann," er zeigte mit dem Daumen über die rechte Schulter, „da will einer was. Also ich kapier's nicht, was der daherredet, und ich hab' ja auch gar keine Zeit für so lange Geschichten, mein Rundgang ist doch fällig, und Ihr wisst doch, wenn ich zu spät an der Brücke bin, dann …"

Albert winkte ab. „Marschier du zu, Ferdl, ich kümmere mich darum."

Seine Miene verriet nicht, was er dachte, als er den Mann musterte, der auf der harten Holzbank im Eck saß. Dieser war schon etwas älter, wohl bereits in den Fünfzigern, ärmlich gekleidet, den abgewetzten, eingedrückten Hut ein Stück weit weg neben sich auf der Bank, denn dicht neben ihm war seine mehrfach geflickte Tasche, die er mit der rechten Hand festhielt, und auf seinem Schoß ein Kind, das er mit der linken Hand gegen ein Herunterfallen absicherte.

Hauptmann Albert sprach ihn nicht sofort an. Er war schon lange als Büttel im Dienst der Gemeinde, hatte gelernt, scharf und genau zu beobachten und jedes vorschnelle Urteil zu vermeiden. Außerdem besaß er die Fähigkeit, Menschen ziemlich gut einschätzen zu können, er spürte es jedes Mal fast körperlich, wenn jemand versuchte, ihn anzulügen.

Das Gesicht des Mannes passte nicht zur Kleidung, es zeigte nicht die geringste Unterwürfigkeit, sondern strahlte Selbstbewusstsein, ja irgendwie sogar Autorität aus. Jedes Mal, wenn er zu dem Kind auf seinem Schoß sah, ein kleines Mädchen von vielleicht drei Jahren, huschte ein zärtliches Lächeln über sein Gesicht.

Dieser Mann hat bessere Tage erlebt oder verstellt sich aus irgend einem Grund, konstatierte Albert bei sich, und die Art, wie er das Kind ansieht, beweist vermutlich Verwandtschaft. Der Großvater vielleicht ? Auf alle Fälle hatte er ihn noch nie hier gesehen, es musste ein Fremder sein. Der Hauptmann entschied sich dafür, den Mann nicht - wie es Büttel sonst gerne bei Armen machen - mit du anzureden.

„Ich bin der Hauptmann der Salzburger Büttel," sprach er ihn nun an, „was kann ich für Euch tun?"

Überrascht sah der ärmlich Gekleidete bei der höflichen Anrede auf, erhob sich, wobei er das Mädchen auf die Bank setzte und bot Albert die Hand.

„Ich brauche eine Auskunft," sagte er, „eine Auskunft, die ungeheuer wichtig ist für mich. Für mich und für meine Enkelin."

Albert registrierte, dass er in Punkto Kind richtig vermutet hatte und auch, dass der Mann sehr saubere Finger besaß, was mehr als ungewöhnlich war bei armen Leuten.

„Nun ja," meinte er, „eine Auskunft könnt Ihr jederzeit haben. Mein Kollege sagte allerdings etwas von einer längeren Geschichte."

Er wies mit der Hand zur Bank und fügte hinzu: „Nehmt doch wieder Platz."

Erneut war zu spüren, dass dieser Mann nicht wirklich aus ärmeren Schichten stammte, denn bevor er sich wieder hinsetzte, dankte er und sprach dann leise ein paar Worte in einer fremden Sprache zu dem Kind, das daraufhin brav mit dem Kopf nickte.

„Ich bin," wandte er sich an den Hauptmann, „ich bin auf der Suche nach einem jungen Ritter. Ihr seid sehr freundlich zu mir, Herr Hauptmann, deshalb wage ich es dazu zu sagen, dass es eine verzweifelte Suche ist."

Albert sah ihn nachdenklich an.

„Der richtige Ort für eine solche Auskunft ist die Burg. Entweder hat man Euch dort abgewiesen oder Ihr habt gar nicht erst an dieser Stelle nachgefragt, entweder also steht Euch nicht zu, Euch um einen Ritter zu kümmern oder aber Ihr habt einen triftigen Grund, Euch mit Eurem – sagen wir mal bescheidenem – Äußeren nicht als jemanden zu erkennen zu geben, der sehr wohl etwas mit Adel und Ritter zu tun hat."

Der Mann zögerte etwas, und Albert schien es, als ob eine Art Müdigkeit in sein Gesicht einzog, doch dann drückte er das Kind an sich und seine Miene wurde augenblicklich wieder wie vorher.

„Ich habe alles Recht, mich nach diesem jungen Ritter zu erkundigen. Glaubt mir, alles Recht dieser Welt, ich muss ihn finden, denn er ist mein Sohn. Ich muss ihn finden für dieses Mädchen, das meine Enkelin ist und für mein Seelenheil." Einen Moment schwieg er, dann setzte er hinzu : „Und für das Seelenheil meiner verstorbenen Frau. Bitte glaubt mir."

Albert lächelte. „Nun, für so dramatisch halte ich eine Auskunft nun doch nicht, damit enthülle ich ja weder Geheimnis noch Staatsangelegenheiten. Wie heißt denn der junge Mann ?"

Ein zweites Mal zog diese Müdigkeit durch das Gesicht und der Mann schüttelte leicht den Kopf.

„Das kann ich nicht sagen, denn ich weiß es nicht."

„Ihr wisst nicht, wie Euer Sohn heißt?"

„Ich weiß, auf welchen Namen er getauft wurde. Aber mit diesem Namen ist er nicht aufgewachsen, er kennt ihn nicht einmal. Ich kann Euch sagen, mit welchem Namen er ein Mann wurde, doch dieser Name wiederum wird Euch nichts helfen bei einer Auskunft, denn wenn er hier war oder noch ist, wird er diesen Namen ganz sicher nicht verwendet haben, sondern einen anderen erfunden haben."

Albert rieb sich die Stirn, er war mit diesem Gespräch vermutlich an der Stelle angelangt, an der sein Untergebener Ferdl aufgegeben hatte, irgend etwas zu verstehen.

„Dann," meinte er, „wenn ich helfen soll mit einer Auskunft, dann beschreibt mir mal Euren Sohn, vielleicht kenne ich ihn an Hand der Beschreibung."

Das Gesicht des Mannes wurde düster und er schluckte.

Leise sagte er : „Ich habe meinen Sohn das letzte Mal gesehen, da war er so alt wie jetzt meine Enkelin, drei Jahre."

Er streichelte das Mädchen und schwieg.

Auch Albert schwieg und betrachtete die beiden.

„Ich würde Euch gerne helfen," seine Stimme war so leise wie vorher die seines Gegenübers, „aber Ihr müsst zugeben, dass ich ohne Namen oder Beschreibung so viel Auskunft geben kann wie ein alter zerlöcherter Eimer Wasser hält. Wie also habt Ihr Euch das vorgestellt ?"

Erstaunt registrierte er, dass in die Augen des Mannes ein Funkeln trat, das so scharf und deutlich war, dass es das gesamte Gesicht veränderte.

„Ihr könnt mir helfen, Herr Hauptmann," antwortete er mit fester, klarer Stimme, „Ihr könnt mir ganz gewiss helfen, wenn Ihr mir erlaubt, meine Geschichte zu erzählen."

Er strich seiner Enkelin zärtlich übers Haar. „Meine Geschichte, und die meines Sohnes, der mir gestohlen wurde, und die meiner Frau, die an gebrochenem Herz starb, und die eines jungen Mannes, der wahrscheinlich unwissentlich Verbrechen begangen hat, und egal wie es ausgeht, es wird wohl auch die Geschichte dieses Kindes werden."

Lange Zeit sah ihn Albert schweigend und nachdenklich an.

„Gut," sagte er nach einer Weile, „Ihr beeindruckt mich auf eine eigenartige Weise, und ich möchte mir diese Geschichte anhören. Habt Ihr schon ein Quartier in Salzburg ?"

Der Mann schüttelte den Kopf.

„Gut," wiederholte Albert, „dann lade ich Euch ein. Ich wohne gleich nebenan, eines der Zimmer wird sicher bereit sein für Euch und Eure Enkelin, und meine Frau wird sich freuen, wieder mal ein Kind im Haus zu haben. Und dann haben wir heute Abend genügend Zeit für Eure Geschichte. Wenn sie mir Grundlage genug ist, um Auskünfte über Euren Sohn zu ermöglichen, dann will ich Euch helfen nach bestem Wissen und Können."

* * *

Der Mönch Petrus war mittlerweile, seit Raimund von Fulinpach und Stephan von Tiers ihn kennengelernt hatten, in der Hierarchie der Kirche einige Stufen nach oben geklettert. Eine Zeitlang hatte er zusammen mit seinem besten Freund, dem Ritter Johann von Aschau, die Kontaktstelle der beiden geheimen Dienste geleistet, er als Vertreter des geheimen Dienstes der Kirche und Johann als Vertreter des herzoglichen geheimen Dienstes, und Petrus war in dieser Funktion zum Bischof ernannt worden. Völlig überraschend war er nunmehr von Rom ausersehen worden dazu, dem Kardinal im Amt nachzufolgen, der seit längerem wegen einer schweren

Verletzung seiner Tätigkeit als einer der beiden Führer des kirchlichen geheimen Dienstes in herzoglichem Gebiet nicht mehr nachkommen konnte. Dazu musste er natürlich aus der Residenzstadt wechseln in das zuständige Hauptquartier, das sich im Kloster Berchtesgaden befand.

Reisen von der Kontaktstelle zum Kloster und zurück hatte Petrus ja schon sehr oft machen müssen, so gut wie immer ohne Begleitung, Auseinandersetzungen oder sogar Kampf hätte er heute wie früher nicht zu fürchten, denn seine Ausbildung stand der der herzoglichen Männer in nichts nach. Aber einen zukünftigen Kardinal ließ der Herzog natürlich auf keinen Fall ohne Leibwache abreisen, und für diesen Schutz wurden zu ihrer Freude Stephan und Raimund eingeteilt. Für alle drei sah nun der Weg nach Berchtesgaden eher wie ein Ausflug aus.

Als die drei in einer Schenke im Markt Rosenheim zum Mittagessen einkehrten, trafen sie dort den reisenden Bader Quirin, mit dem sie nicht nur Freundschaft verband. Seit einem gemeinsamen Abenteuer war Quirin einer der wenigen Menschen, die über den geheimen herzoglichen Dienst Bescheid wussten, und sie waren zwei unter noch weniger, die seine Zugehörigkeit zum gefürchteten und mit viel sagenhaften Geschichten umwobenen Feme-Gericht kannten.

Als der Bader erfuhr, dass sie unterwegs nach Berchtesgaden und durchaus nicht in Eile waren, bat er sie um einen Gefallen. Wie in den meisten Orten und Berufsständen hatte die Feme auch bei den Fischern am Chiemsee ihren Verbindungsmann, den Fischer Franz Xaver, mit dem Stephan und Raimund bei der Suche nach den verschwundenen Kindern zu tun gehabt hatten. Ihn sollten sie aufsuchen und ihm einen wichtigen Termin mitteilen.

Diesen Auftrag nahmen sie gern an, der Chiemsee lag ja auf ihrem Weg, und die Frau des Fischers war als gute Köchin bekannt; es würde also auf eine angenehme Reiseunterbrechung hinauslaufen.

Als sie am späten Nachmittag desselben Tages zwischen den ersten beiden Fischerhütten hindurch ritten, lagen zwei Eigentümlichkeiten in der Luft. Mit der ersten war zu rechnen gewesen, penetranter Fischgeruch gehörte nun mal zum Berufsstand der Menschen, die so nah am Ufer des Chiemsees wohnten und von dem lebten, das der

See ihnen bot. Das zweite allerdings war eine schrille Frauenstimme, die aber keineswegs sich anhörte, als wäre eine biedere Fischersfrau am Schimpfen, vielmehr klang die Stimme - wenn auch kreischend und grell - durchaus so, als käme sie von jemandem, der das Befehlen gewohnt war, dieses längst verinnerlicht hat und es bewusst so zur Wirkung brachte.

Petrus, Raimund und Stephan spitzten die Ohren und sahen überrascht auf die kleine Gruppe von Leuten, die sich kurz vor einem langen hölzernen Steg, an dem links und rechts vier, fünf Boote im sanften Wind schaukelten, um zwei Nonnen scharten, eine ältere und eine noch sehr junge.

„Ich untersage jedem von euch," schrie die ältere und fuchtelte mit ihren Händen in der Luft vor sich herum, während die junge nur stumm zu Boden sah, „ich verbiete jedem kraft meines Amtes, das Gott mir gegeben hat, auch nur einen Fuß auf die Insel zu setzen !"

„Ehrwürdige Mutter," der Fischer, der nun sprach, drehte dabei seinen Hut in den Händen, „wollt Ihr denn Eure Mitschwestern ohne Schutz lassen ? Wenn wir mit vier Booten übersetzen, dann sind wir genug Männer, um ...."

Die ältere Nonne sah aus, als ob sie dem Sprecher an den Kragen gehen wollte.

„Kein Mann betritt die Klosterinsel," ihr Gesicht, das Stephan jetzt genau sehen konnte, war zornesrot, „niemals wird ein Mann die Insel unseres Ordens betreten ! Habt ihr das verstanden ? Gott wird uns schützen, wir sind alle in Gottes Hand !"

In diesem Moment sah einer der Fischer hoch, es war Franz-Xaver. Er stutzte, als er Raimund und Stephan erkannte, löste sich aus der Gruppe und kam mit eiligem Schritt auf sie zu.

„Schnell, kommt mit, bevor euch die Alte sieht," er winkte in Richtung auf sein Haus zu, „sonst denkt sie noch, wir haben gegen ihren Willen die Obrigkeit informiert."

„Was ist denn los ?" fragte Petrus, als sie in dem kleinen Garten die Pferde absattelten.

Franz-Xaver wartete mit einer Antwort, hielt ihnen die niedrige Tür seines Hauses auf, verweilte, bis sie drinnen waren, sah sich kurz um und folgte den dreien dann ins Haus.

„Setzt euch bitte," er wies mit der Hand zu Tisch und Eckbank, beides gegenüber der Feuerstelle in dem recht düsteren Raum, der sich ohne Flur an die Haustür anschloss.

„Meine Frau ist heute bei einer Base," entschuldigte er sich, „die liegt im Kindsbett und es geht ihr nicht so gut. Also groß bewirten kann ich euch leider nicht," er zeigte mit dem Daumen zum Nachbarhaus, „ich selbst hab' heute beim Nachbarn gegessen. Was führt euch zu meiner Wenigkeit? Oder seid ihr etwa zufällig vorbeigekommen?"

Stephan berichtete ihm vom reisenden Bader, und Franz-Xaver nickte.

„Passt mir im Moment gut," meinte er und grinste, „da kriegt meine Frau gar nichts mit davon und meine Nachbarn denken höchstens, dass ich mir wieder mal eine angelacht hab' und deswegen über Nacht weg bin. Schade, dass mir in echt da gar keine Zeit dazu bleibt."

„Und was ist hier bei euch los?" fragte Petrus ein zweites Mal.

„Ach ja, die alte Wachtel, ihr habt sie ja keifen gehört. Ich erklär's euch."

Bei der jungen Nonne handelte es sich um eine Novizin, die von ihrem Vater in die ‚Obhut' des Klosters gesteckt worden war, weil sie sich in einen nicht standesgemäßen jungen Mann verliebt hatte. Die ältere Nonne war Luitgard, die Äbtissin des Klosters auf der ersten der drei Inseln, die deswegen von den Menschen hier die Insel der Frauen, die Fraueninsel genannt wurde. Mit der jungen Novizin hatte sie gemeinsam, dass auch sie vor etlichen Jahren von ihrem Vater hier untergebracht worden war, allerdings war der Grund ein anderer gewesen und auch die Zukunftsaussichten sahen damals völlig verschieden aus. Sie stammte aus einer sehr reichen adeligen Familie, jedoch war aufgrund der Tatsache, dass sie unter sechs Geschwistern die jüngste, also in keiner Hinsicht erbberechtigt war und zudem wegen ihrer Hässlichkeit auch niemals einen Freier finden würde, nur der Weg ins Kloster geblieben, die adelige Herkunft sicherte ihr von Anfang an den Posten an der Spitze des Klosters. Derart vom Leben benachteiligt war sie verbittert und boshaft geworden, besaß einen abgrundtiefen Hass allem Männlichen gegenüber - nicht einmal ein Kater durfte es wagen, seine

Anwesenheit auf der Insel zu erkennen zu geben - und traktierte ihre untergebenen Mitschwestern in einer Art, die ihnen das Leben in dieser als eigentlich christlich gedachten Gemeinschaft oft genug zur Hölle machte.

„Dieser junge Kerl, und wer will's ihm verdenken," Franz-Xaver zwinkerte mit dem rechten Auge, „dieser verliebte junge Dackel ist jetzt gestern mit zwei oder drei oder mehr Freunden, keiner weiß was Genaues, also die sind auf der Fraueninsel gelandet und haben versucht, seine Holde mit Gewalt aus diesem Karzer herauszuholen. Besonders geschickt hat er's wohl nicht gemacht, was weiß ich, jedenfalls hat sich die alte Bissgurrn die Kleine geschnappt und sich von ihr zu uns herüberrudern lassen."

„Und ihr Fischer wolltet hinüber und den Nonnen helfen?" fragte Stephan und Raimund sagte fast gleichzeitig : „Also sind diese, äh, Befreier noch auf der Insel ?"

„Was mich betrifft," Franz-Xaver schüttelte den Kopf, „ich selbst hätt' gar nicht erst angefangen, der Alten so was anzubieten, ihr wisst ja, ich hab's nicht so mit dem religiösen Dingsbums, und außerdem war mir im Vorhinein klar, dass sie ablehnen würde. Aber meine Kollegen," er zuckte mit den Schultern, „meine lieben Fischerkollegen, für die ist doch jedes Wort, das aus dem Mund von jemandem aus der Kirche kommt, schon was Heiliges, entschuldige Petrus, ich will dich nicht beleidigen, aber ich glaub halt nicht …. Na ja, ihr wisst schon."

Der Angesprochene lächelte. „Wir sind ja unter uns. Aber die Obrigkeit, ihr habt doch einen Gutsherren dort vorn im Schafwaschener Winkl, der hat doch sicher jede Menge Knechte, warum soll der nicht eingreifen ?"

„Zuständig ist er schon mal nicht, das Kloster hat mit ihm nichts zu tun, und selbst wenn, seine Knechte bestehen doch aus lauter Männern !" Franz-Xaver grinste. „Und auch wenn die in den Kleidern ihrer Frauen daherkämen, ich garantier' euch, die Alte riecht das sofort. Nein," er schüttelte den Kopf, „nein, nein, die kriegt keine andre Hilfe als die vom lieben Gott, und da ist noch die Frage, ob sie sie annimmt, wenn sie sieht, dass der ein Mann ist."

Er wurde ernst. „Und ganz ehrlich : Soll ich mich vielleicht rumprügeln mit einem armen Teufel, der seine Liebste wiederhaben will ?

Ich würd' den Kerl eher mit ihr zusammen in mein Boot setzen und an gegenüberliegende Ufer bringen, das sag ich euch."

„Dann ist ja gut, dass wir da sind," meinte Raimund trocken, „mit uns liegt doch die Lösung auf der Hand."

„Auf keinen Fall," wehrte Franz-Xaver ab, „ihr seht viel zu sehr nach Obrigkeit aus. Keine weltliche Obrigkeit, keine Männer, das lässt die Alte niemals zu."

Stephan wusste, woraus Raimund aus wollte. „Wie steht's denn mit Petrus ? Die Hilfe eines Geistlichen müsste der Äbtissin doch recht sein, oder ?"

„Aha," Petrus hob vier Finger in die Höhe, „erstens, wenn du damit andeuten willst, dass ich kein Mann bin, dann irrst du dich, zweitens, die korrekte Anrede lautet Ehrwürdige Mutter, drittens, ich bin noch ganz gut in Form, aber allein gegen eine unbekannte Anzahl von Leuten, über deren Bewaffnung nichts bekannt ist, das meine ich ist schon etwas unüberlegt, und viertens, ich kenne die Dame vom Hörensagen, die lässt auch keinen Mönch in die Nähe ihrer Nonnen."

„Aber du stehst doch als künftiger Kardinal im Rang sicher über einer Ehrwürdigen Mutter ?" Raimund ließ nicht locker. „Sie wird sich dir doch kaum widersetzen können, wenn du bestimmst, was zu geschehen hat."

Petrus seufzte. „Das mit dem Kardinal kannst du vergessen. Ja," wandte er sich an Franz-Xaver, der ihn erstaunt mit offenem Mund anstarrte, „du kannst die Klappe wieder zumachen, du hast richtig gehört, ich werde demnächst zum Kardinal ernannt. Aber ist euch denn nicht klar, dass davon offiziell nichts verlauten wird ? Im Sinne unserer Arbeit ist es nicht notwendig und wäre ja sogar schädlich. Also meinen Rang brauche ich nirgends rauskehren. Schon gar nicht bei der Leiterin eines Klosters, denn ich bin ja nur per Zufall und nicht in kirchlichem Auftrag hier."

Einen Moment schweigen sie alle vier.

„Und doch," meinte Stephan dann mit einem spitzbübischen Grinsen, „und doch ist gerade der Kardinalsrang der richtige Weg. Petrus, du gehst jetzt gleich zur Äbtissin, redest sie an, wie du es für richtig hältst und verkündest ihr, dass das Kloster mit dem Besuch eines Kardinals zu rechnen hat. Setz sie ruhig ein bisschen unter

Druck, dass sie kapiert, dass sofort etwas geschehen muss mit den unliebsamen männlichen Gästen auf ihrer Insel, was weiß ich, vielleicht dass der hohe Gast von so was doch auf keinen Fall etwas miterleben darf und so weiter und biete ihr Hilfe an."

Raimund nickte verstehend und setzte hinzu : „Und von solch einem Vorhaben zu reden, ist ja nicht einmal gelogen. Wenn die Äbtissin zustimmt, dann wird der ‚Besuch des Kardinals' ja tatsächlich erfolgen." Er grinste bis über beide Ohren. „Bloß, dass sie es dann in ihrem ganzen Leben nicht mitkriegen wird. Und auch nicht so, wie sie es sich vorstellt, aber für ihre Gedanken können wir ja nichts."

* * *

Albert schenkte seinem Gast und sich selbst Wein ein.

„So," meinte er und lehnte sich zurück, „jetzt wird uns niemand mehr stören, und ich warte mit Interesse auf Eure Geschichte. Ihr braucht Euch ganz sicher keine Sorgen machen," setzte er beschwichtigend hinzu, als er den Blick des Mannes zur Seitentür bemerkte, „nein, gewiss nicht, ich versichere Euch, dass meine Frau die Kleine nicht aus den Augen lassen wird, ihr kann in meinem Haus nichts passieren. Sie kann gar nicht anders, sie wird ruhig und unbelästigt schlafen."

Alberts Frau, die ihre beiden Enkel viel zu selten sah - die Tochter war weit außerhalb Salzburgs verheiratet - war selig, sich um das kleine Mädchen kümmern zu können, hatte alles, was von der jüngeren Enkelin an Spielzeug noch vorhanden war, zusammengesucht und nach dem Abendmahl mit dem Kind zu spielen begonnen. Energisch hatte sie protestiert, als der Gast wollte, dass das Kind auf der Bank neben ihm schlafen müsse, da er es nicht einen Moment aus den Augen lassen wollte.

„Ein Kind in diesem Alter gehört in ein richtiges Bett," hatte sie unmissverständlich erklärt, „und nicht auf eine Holzbank. Wenn Ihr so viel Angst um Eure Enkelin habt, dann bleibe ich bei ihr im Gästezimmer und passe auf sie auf, bis Ihr mit meinem Mann fertig geredet habt und selber ins Bett wollt."

Es fiel dem Mann offensichtlich unheimlich schwer, sich von dem Kind zu trennen, auch wenn es nur durch ein anderes Zimmer war, und so hatte sie in weichem und doch strengen Ton hinzugefügt : „Es ist schön zu sehen, dass jemand sein Enkelkind so lieb hat. Aber hier in unserem Haus ist sie sicher, ganz genauso wie Ihr. Mein Mann ist Hauptmann der Büttel und das nicht erst seit gestern, Ihr dürft darauf vertrauen, dass das, was wir sagen, gültig ist."

Sie hatte die übermüdete Kleine auf den Arm genommen, sich zur Tür gewandt und gelächelt.

„Und es wird Euch sehr schwer fallen, im Haus des obersten Salzburger Büttels zu erleben, dass ein Missetäter auch nur die geringste Möglichkeit findet, jemandem etwas anzutun. Gute Nacht."

Die beiden Männer prosteten sich zu, und nach drei großen, langsamen Schlucken begann der Gast mit seiner Erzählung.

„Ich muss vorausschicken, dass ich am Unglück meiner Familie selbst schuld bin, weil ich nicht auf die Warnung und Forderung meines Schwiegervaters gehört habe. Mein Gott, ich war jung, zu jung, unerfahren und übermütig, gerade erst zum Ritter geschlagen worden und kurz darauf mit einem Mädchen vermählt, von dem alle meine Freunde geträumt hatten.

Einer meiner Freunde war gut zehn Jahre älter als ich, ein brillanter Kopf, wusste mehr als wir anderen alle zusammen, geschickt in allem, was in Politik und Diplomatie notwendig war. Als er vom Herzog den Auftrag bekam, als Gesandter an den Hof von Cordoba zu gehen für die eigentlich überschaubare Zeit von fünf Jahren, da brauchte er eine kleine Mannschaft, nicht nur als Sicherung zur Reise, sondern auch für die ganzen fünf Jahre. Mich bat er auch an dieser Mission teilzunehmen. Ehefrauen, Diener, alles gehörte mit dazu, für alles war gesorgt in dieser berühmten andalusischen Stadt. Ich war begeistert. Das Abenteuer meines Lebens stand bevor, Leben in einer fremden Welt, niemandem dort untertan, nach wie vor ein Mann des Herzogs, und alles andere, was sich ein junger Mensch in seiner Phantasie so ausmalt.

Mein Schwiegervater hatte kurz zuvor seine Frau verloren durch eine heimtückische Krankheit, meine Frau war sein einziges Kind.

Heute weiß ich, was er gelitten hat, aber damals ? Was denkt ein junger unbedarfter Abenteurer an Sorgen, an Kummer ?

Ob es wahr war, was er mir sagte, weiß ich nicht, jedenfalls warnte er mich eindringlich, denn er hätte angeblich geträumt, dass alles, was aus dem sarazenischen Land wieder heimkehren würde, wäre die Nachricht von unserem Tod. Heute schäme ich mich, damals lachte ich laut.

Kurz vor unserer Abreise suchte er mich noch einmal auf. Er forderte von mir ein letztes Mal, hier zu bleiben. Andernfalls würde er sofort nach unserem Aufbruch sein gesamtes Gut dem nächstliegenden Kloster schenken.

Ich verstand damals sehr wohl, was er damit ausdrücken wollte, dass wir nämlich hier dann keine Heimat, keinen Besitz, kein Zuhause mehr hätten. Doch zum einen glaubte ich nicht, dass er so etwas wirklich in die Tat umsetzen würde, und zum andern dachte ich es nicht nötig zu haben, mich erpressen zu lassen, denn schon damals besaß ich die urkundliche Zusicherung des Erbes einer kinderlosen Großtante, die ich zwar im Leben noch nie gesehen hatte, der Name des Gutes aber war vermerkt, es hieß Gut Kaltafa. Von diesem Erbe also wusste mein Schwiegervater nichts, und ich hütete mich natürlich, ihm was davon zu sagen.

Die Reise….., ach was, die ist unwichtig. Wichtig ist, dass meine Frau schon im ersten Jahr in Cordoba ein Kind bekam, einen kräftigen Knaben, unser ganzer Stolz. Alles war eitel Sonnenschein, das freie, bequeme und unheimlich luxuriöse Leben in Cordoba, das Glück mit Frau und Sohn, dann mein allmählich aufkeimendes Interesse an der Kultur der Sarazenen, ich fühlte mich wie im Himmel, kein Gedanke galt mehr dem nörgelnden Schwiegervater. Diese ungewohnte Sauberkeit überall, kein Gestank in und zwischen den Wohnstätten, stets sauberes Wasser, bei Krankheit kein herumpfuschender, aderlassender Bader, sondern Männer, die wirklich Ärzte sind, die wirklich etwas von Krankheiten und Heilmitteln verstehen, übrigens fast immer Juden, sympathisch, ehrlich, vernünftig. Ich fand Freunde unter den Juden, ich fand Freunde unter den Sarazenen, ich fand sogar großen Gefallen daran, ihre Sprache zu erlernen und dann auch zu sprechen.

Und was für ein Kind war unser Sohn ! Frei von allen Vorurteilen, frei von irgendwelchen Zwängen spielte er mit sarazenischen, mit christlichen, mit jüdischen Kindern. Im Alter von drei Jahren konnte er sich in drei Sprachen fließend verständigen, stellt Euch das vor ! Was für ein Spaß war es zuhause, wenn er mit meiner Frau in unserer Muttersprache redete und gleich darauf mit mir sarazenisch. Und dabei zeigte er in diesem Alter - ich weiß, alle Väter sind stolz auf ihre Kinder und übertreiben oft, aber es war wirklich so - bei allem, was er sagte, zeigte er ein Denken und eine Intelligenz, die uns Erwachsene verblüffte.

Manchmal, ich muss gestehen eher sehr selten, dachte ich an den Vater meiner Frau. Wie unrecht hatte er gehabt, in welchem Glück lebten seine Tochter, sein Schwiegersohn und vor allem sein Enkel. Unser Glück war so wie die Häuser in Cordoba : blumengeschmückt und weiß, hell und immer warm.

Die alten Griechen fürchteten immer den Neid der Götter. Welcher Gott uns unser Glück missgönnte, der der Juden oder der der Sarazenen oder gar unser eigener, ich weiß davon so viel wie ein Wanderer, der sich in dichtem Nebel verirrt hat, vom Weg. Vielleicht alle drei.

Was in der Politik und Diplomatie geschah, war äußerst interessant, ich will aber jetzt nicht weit ausholen, nur so viel, es gab ein Zerwürfnis mit den drei spanischen Königreichen. Von einem Tag auf den anderen wurden wir des Landes verwiesen, mussten Cordoba verlassen. Und der Himmel begann, über uns zusammenzubrechen.

Die Grenzen des Machtbereiches von Cordoba und der christlich regierten Königreiche sind recht fließend, in manchen Dörfern wissen die Einwohner gar nicht, auf welche Seite sie gehören. Hier sind Kultur und Sitten bunt gemischt, Ärger gibt es nur, wenn zwei verschiedene Regierungen nacheinander Steuern kassieren wollen. In solch einem Dorf übernachteten wir auf der überstürzten Reise ins Königreich Navarra, dort war der Vetter meines Freundes als Botschafter akkreditiert, dort wollten wir abwarten, was die nahe Zukunft bringen würde, vielleicht ja würde sich aller Ärger legen und wir könnten nach Cordoba zurückkehren.

Wie gewohnt spielte mein Sohn mit den Kindern der Gastgeber und plapperte dabei in drei Sprachen. Am nächsten Morgen konnte er es kaum abwarten, noch einmal hinaus zu rennen, um seine neuen Freunde noch einmal zu sehen. Wir ließen ihn gewähren und aßen inzwischen mit den anderen unserer Gesellschaft unser Morgenbrot, in Ruhe und reichhaltig, denn wir hatten noch einen weiten Weg vor uns.

Als wir uns zur Abreise fertig machten und unseren Sohn holen wollten, passierten zwei Sachen :

Mein Sohn war verschwunden, nirgends zu finden. Die Suche war nur kurz, denn plötzlich waren überall sarazenische Soldaten, die uns mit Waffengewalt aus dem Dorf trieben und sogar noch ein gutes Stück durch Berge und Hügel hindurch mit der Begründung, dies hier sei Gebiet von Cordoba und wir seien seit gestern des Landes verwiesen. Sie ließen sich auf keine Argumentation ein, kein Betteln und Flehen half."

Der Gast schwieg eine Weile, atmete tief durch und sah Albert an.

„Bin ich Euch zu unangenehm mit meiner Geschichte ? Wird sie Euch zu langatmig ?"

Der Hauptmann schenkte in beiden Kelchen nach.

„Ihr glaubt doch wohl nicht," meinte er ruhig, „dass ich von solch einem Bericht unberührt bin. Nein, mein Lieber, Ihr müsst mir schon weiter erzählen. Wie kurz oder wie ausführlich, das überlasse ich ganz Euch, Ihr werdet schon wissen, wie. Wir beide gehen heute erst zu Bett, wenn ich das Ende Eurer Geschichte kenne."

„Ich danke Euch," der Gast lächelte, nahm seinen Weinkelch und trank in langsamen Schlucken, „nun, so schnell wird es dann nichts werden mit der Bettruhe. Und also weiter mit einem halben Jahr Hölle.

Denn ein halbes Jahr währte unsere Zeit in Navarra. Meine Frau verfiel immer mehr, sie verzehrte sich vor Angst und Sorge um ihr Kind. Vier-, fünfmal ließ ich sie trotzdem allein und versuchte in Grenznähe irgendwie eine Spur aufzunehmen, irgendwo etwas zu hören über ein blondes Kind, das doch auffallen müsste. Immer wieder lief ich, verwirrt wie auch ich war, keineswegs umsichtig oder planend, sondern verwirrt und unüberlegt, immer wieder lief ich sarazenischen Trupps in die Arme. Dass ich einigermaßen mit heiler Haut davon kam, lag nur an meinen Sprachkenntnissen, von meinem Sohn fand ich nichts, keine Spur, in keinem Gesprächsfetzen erwähnt.

Dann, nach knapp einem halben Jahr kam ich von meinem letzten erfolglosen Such-Ausflug zurück, um meine Frau nur noch fiebernd in ihrem Bett liegend zu finden. Eine Nacht noch hielt ich ihre Hände und hörte mit Grauen ihre verzweifelten Rufe nach unserem Kind. Und bevor die Sonne am nächsten Morgen das erste Licht brachte, gab ihre Seele auf.

Nun hatte ich beide verloren, Kind und Frau.

Einige Tage und Nächte wusste ich nicht, was ich tun würde. Mich in mein eigenes Schwert stürzen ? Wie ein Rasender alles um mich herum vernichten ? Mich packte ein Fieberwahn, der meine Freunde in Angst und Entsetzen versetzte, nur dass ich nicht wie mein Weib allmählich zugrunde ging, sondern immer mehr aufloderte.

Dann, mit einem Schlag, war das alles vorbei. Mit einem Schlag wusste ich, dass ich weiterleben musste. Und wenn es Jahre dauern sollte, für mein Seelenheil und für das meiner Frau galt nur noch eines : Ich musste mich auf die Suche nach meinem Sohn machen. Nicht mehr so plan- und ziellos, sondern nur noch handelnd unter reiflicher Überlegung. Es war doch lächerlich, wenn ich, der ich wie mein Sohn fließend sarazenisch sprechen konnte, nicht auf Cordobas Gebiet kommen konnte. Es war doch beschämend, wenn ich kopflos losrannte, mitten durch Dörfer, in und hinter denen ich mit Soldaten zu rechnen hatte. Es war doch unter jeder Menschenwürde, wenn ich hilflos herumzog und mein Kind einem fremden Schicksal überließ.

Ich schwor meiner verstorbenen Frau und mir selbst, dass ich in diesem Leben nicht eher ruhen würde, bis ich nicht wüsste, wo unser Kind war, bis ich meinen Sohn gefunden hätte. Ich schwor es bei allen drei Göttern, dem der Sarazenen, dem der Juden, dem der Christen. Und wenn es hundert Jahre dauern sollte, ich würde mich in meinem Leben um nichts anderes mehr kümmern.

Ich weiß es nicht, sind bis jetzt zwanzig Jahre vergangen ? Zweiundzwanzig ? Oder fünfundzwanzig ? Ich habe sie nicht mehr gezählt.

Ich habe die Spur meines Sohnes gefunden, nur die Spur, ihn selbst nicht. Aber die Spur bedeutete, er ist am Leben, es besteht die Hoffnung, dass ich ihn einmal von Angesicht zu Angesicht wiedersehen kann, und wenn auch noch so viele Jahre vergehen.

Und," ein liebevolles Lächeln durchfuhr sein Gesicht und er sah zur Tür, „und ich hatte das Glück, das unheimlich große Glück, den wichtigsten Bruchteil aus dem Leben meines Sohnes erhalten zu haben. Ich habe seine Tochter bei mir, ich kann all meine Liebe, die wie damals in meinem früheren Leben als junger Ritter in mir erwacht, ich kann all diese Liebe weitergeben an mein eigen Fleisch und Blut. Dabei weiß mein Sohn gar nichts von ihrer Existenz, er hat nie erfahren, dass er eine Tochter hat, bis heute nicht. Welcher grausame Gott hat sich diese Schicksalsfäden erdacht . . . . "

. . . . . . *Der Arzt Aaron-Elias kam von dem Besuch bei einem wichtigen Höfling des Wesirs zurück, zufrieden, denn die doch ziemlich riskante Operation war gut verlaufen, der Patient würde nach der Menge Opiumsaft, die notwendig gewesen war, längere Zeit tief dahinschlummern und, wenn kein Infekt dazukam, mit nur geringen Schmerzen aufwachen und sich wohl bald erholen. Anders hatte er es aber auch nicht erwartet, er galt nicht umsonst als einer der besten Mediziner und war in allen hohen sarazenischen Familien Cordobas sehr gefragt. Der Arzt war also zufrieden mit sich selbst und freute sich auf die Abendmahlzeit sowie auf die folgenden Stunden voller Muße und Behaglichkeit.*

Da stutzte er. Vor dem noch verschlossenen Tor, das zum Innenhof seines Wohnhauses führte, stand in einer Nische eine Gestalt, leicht gebeugt, eine schmuddelige Kapuze über den Kopf gezogen, und unter der Krempe der Kapuze immer wieder zur Straße hinblickend, so allerdings, dass man vom Gesicht kaum etwas erkennen konnte. Während er seinem Diener, der ihn stets begleitete und die Arzt-Tasche trug, mit einer Handbewegung zu verstehen gab, das Tor zu öffnen, ging er unwillig auf die Gestalt zu.

„Hier wird nicht herumgelungert, das ist Privatbe..." Ungläubig starrte in das Gesicht, das ihn nun anblickte.

„Gottfried von Franken ?" flüsterte er zutiefst erstaunt. „Was machst du hier, mein Freund, du bist doch des Landes verwiesen ?"

Natürlich wusste Aaron-Elias, dass der Ritter, mit dem er sich vor zweieinhalb Jahren angefreundet hatte, dies nicht nur, weil jener so begierig darauf gewesen war, Sprachen zu lernen, sondern ganz einfach, weil sie sich vom ersten Kennenlernen an gemocht hatten, natürlich wusste er, dass der junge Ritter kein Franke war, aber hier in Cordoba waren alle Ausländer, die aus dem Norden stammten, schlicht und einfach Franken.

„Was machst du hier, und wie siehst du nur aus ?" flüsterte er wieder. „Nein, antworte nicht," er zog ihn am schmutzigen Ärmel rasch durch das inzwischen geöffnete Tor, „komm schnell herein, bevor du jemandem auffällst !"

Drinnen überlegte er kurz und befahl dann einer Dienerin, ein heißes Bad herzurichten sowie aus der Küche die Abendmahlzeit bringen zu lassen. Während sein unerwarteter Gast sich zum ersten Male seit langer Zeit wieder wohlfühlte zwischen duftender Seife und aromatischen Ölen, rief der Arzt seine Dienerschaft zusammen und gebot ihnen, bei niemandem etwas verlauten zu lassen über den fränkischen Ritter, den sie alle ja auch kannten von seinen zahlreichen Besuchen hier. Aaron-Elias konnte sich seiner Leute sicher sein, denn in einem jüdischen Haushalt lebten ja immer alle in Vorsicht, wenn auch gerade hier in Cordoba einem Juden nichts geschah, außer natürlich, er verletzte ein Gesetz.

Beim Essen musterte er seinen Freund, sprach ihn nicht weiter an außer mit Essens-Segenswünschen und war sich sicher, dass etwas Schlimmes passiert sein musste. Das Gesicht Gottfrieds, all seine Bewegungen ließen tiefen Kummer erahnen.

Als der junge Ritter seinen leidvollen Bericht beendet hatte, verbarg der Arzt sein Gesicht in den Händen und weinte. Er weinte um die schöne, immer fröhliche junge Frau, die zwar seine Sprache nicht gelernt, doch ihn immer mit Achtung und Freundlichkeit behandelt hatte, aber er weinte auch vor Angst um das Schreckliche, das er nun seinem jungen Freund erklären würde müssen.

„Sarazenische Soldaten ? Ein blonder Knabe ?" murmelte er. „Soll ich dir sagen, was das bedeutet ?"

Gottfried von Franken, der eigentlich Gottfried von Burgbach hieß, nickte stumm.

„Über militärische Angelegenheiten werde ich dir nicht viel sagen müssen," setzte nun der Arzt an, „da kennst du dich besser aus. Der Wesir von Cordoba besitzt, wie in den meisten Kalifaten und Sultanaten es üblich ist, neben den regulären Soldaten noch eine Elite-einheit. Ich habe einmal einen Kämpfer aus dieser Sondereinheit verarzten müssen, der sich bei der Ausbildung verletzt hatte, wohlgemerkt, so etwas kam in meinem ganzen Leben als Arzt nur ein einziges Mal vor, und bei dieser ärztlichen Aktion lief rund um uns die Ausbildung weiter, aus den Augenwinkeln habe ich alles eine Zeitlang beobachten können. Mir schwirrt heute noch der Kopf, wie diese Männer sich bewegten und kämpften. Sie warfen Dolche und andere fingen sie auf, sie sprangen in Saltos über Gegner hinweg und griffen von hinten an, bevor meine Augen das Gesehene an das Gehirn gemeldet hatten, sie wirbelten die Schwerter durch die Luft, als stecke Zauberei dahinter. Es muss furchtbar sein, als normaler Soldat solch einem Elitekämpfer gegenüberzustehen."

Der Arzt seufzte tief. „Und weißt du, wie alt diese Kämpfer waren ? Ich sah keinen, der ein gereifter Mann war. Diese Elitekämpfer heißen Janitscharen. Und weißt du, warum sie so geschickt sind wie Geister, denen man nichts anhaben kann ? Weil man Knaben dafür hernimmt, kaum dass sie laufen können und sie jahrelang drillt und üben lässt, man erzieht sie von Kindesbeinen an zu Elitekämpfern. Und jetzt," er seufzte nochmals, aber tiefer, „und jetzt das Beson-dere daran : Unter den Janitscharen findest du keinen Saraze-nensohn, keinen Wüstensohn, kein Judenkind. Man stiehlt oder kauft hierfür nur männliche christliche Kinder. Selbstverständlich erzieht man sie gleichzeitig zu perfekten Gläubigen. Sie werden unterrichtet in sarazenisch und in der Sprache, die ihre Muttersprache ist, denn ihre Aufgabe ist es, gebildet, mutig, gescheit, geschickt und muslimisch zu sein. Irgendwann werden sie eingesetzt, im Krieg in kleinen, aber effektiven und gefürchteten Trupps, zu Friedenszeiten als Einzelkämpfer für Attentate, zur Bereinigung von Schwierigkeiten jeglicher Art. Da sie ihre Muttersprache ebenso gut können wie sarazenisch, kann man sie auch in selbstmörderischen Aktionen dorthin ins Frankenland schicken, wo es für Cordoba Sinn macht. Als gute Muslime werden sie gerne sterben, denn der Einzug in Allahs Paradies ist ihnen durch ihre Aktion gewiss, so glauben sie ganz fest. Und in den Jahren ihrer Erziehung und Ausbildung sind sie nicht nur zu guten, sondern zu fanatischen Muslimen geworden."

In die Pause hinein, die er machte, fragte Gottfried hoffnungsfroh : „Ja, aber das ist doch wunderbar, wenn du weißt, was mit solchen gestohlenen Christenkindern geschieht, dann weiß ich doch, wo ich meinen Sohn suchen kann ?"

„Ach," Aaron-Elias verbarg kurz wieder sein Gesicht in den Händen und sah dann seinen Freund verzweifelt an, „ach, Gottfried, ich habe dir das alles nicht erzählt, um dir Hoffnung zu machen. Im Gegenteil, ich muss dir bekennen, dass mein Wissen dir bei einer Suche nichts, aber gar nichts nützt. Ich bin als Arzt hier von meinem Haus mit verbundenen Augen abgeholt worden und war dann in einer abgedunkelten Sänfte, aus der ich nicht einen einzigen Blick werfen konnte. Wir waren sicher zwei, drei Stunden unterwegs, da erlischt jedes Zeitgefühl, und außerdem weiß man ja nicht, geht es weit weg oder wandert man zig-mal im Kreis, um verwirrt zu werden."

Er überlegte kurz. „Dem Geruch nach könnte es in einer großen Moschee gewesen sein, aber das nützt ja auch nichts. Nein, für mich ist dieses Wissen um die Janitscharen eher entmutigend."

Er legte beide Hände auf die Schultern des jungen Ritters.

„Und dann," sagte er, „dann bitte verstehe mich richtig, ich muss dir noch etwas Wichtiges sagen. Etwas, das mit deinem Sohn nichts zu tun hat, aber mit uns beiden. Lass mich hiermit klarstellen, du bist nicht nur mein Freund, sondern jetzt auch mein Gast. Das eine wie das andere ist uns Juden heilig. Aber es ist dir sicher nichts Unbekanntes, dass wir Juden auch hier in Cordoba nur geduldet sind. Wehe, wir lassen uns etwas zuschulden kommen, dann kann rasch die Stimmung gegen uns alle kippen, dann wehe allen Juden. Deswegen bin ich verpflichtet, den Rat der Sieben zu informieren. Du bist des Landes verwiesen, wenn man dich bei mir entdeckt, gelte ich als Verbrecher."

Über Gottfried von Burgbachs Augen zog ein Schatten. „Daran hab' ich natürlich nicht gedacht," meinte er bestürzt, „ich will dich selbstverständlich nicht in Gefahr bringen. Ich werde …."

„Gar nichts wirst du," wehrte sein Freund ab, „außer hierbleiben. Nochmals: Freundschaft und Gastfreundschaft sind etwas Heiliges. Mir geht es nur darum, dass du verstehst, dass wir Juden niemals handeln als Einzelperson. Bei solch bedeutungsvollen Sachen entscheidet bei uns ein Rat der Sieben. Ich bin einer davon und habe das

Recht, den gesamten Rat einzuberufen. Dort werde ich dann deine Sache vortragen, und gemeinsam entscheiden wir, wie wir uns verhalten wollen. Dass ich als dein Freund für dich spreche, das steht außer Frage, und zudem wirst du auf die anderen großen Eindruck machen, da du als Christ es auf dich genommen hast, jiddisch zu lernen und es jetzt auch so gut sprichst. Sei also nicht verzagt, aber rechne damit, dass es eine Weile dauern wird, bis der Rat der Sieben zusammenkommen kann."

Es dauerte über drei Wochen, in denen Ritter Gottfried lernen musste, seine Ungeduld zu zügeln. Der Rat der Sieben bestand aus drei Ärzten, zwei Kaufleuten sowie zwei Künstlern. Die Kaufleute waren sehr unregelmäßig unterwegs, das heißt, wenn der eine auf einige Tage zuhause war, reiste der andere gerade aus Cordoba aus. Schwierig war es auch bei den beiden Künstlern, die auf Grund ihres Könnens und ihrer Bekanntheit bei hohen sarazenischen Familien beschäftigt und somit nicht in der Lage waren, ihre Freizeit genau vorherzubestimmen.

Als es endlich gelungen war, einen gemeinsamen Termin in Aaron-Elias' Haus zu organisieren, begrüßten die sechs Ankömmlinge den Hausherrn überschwänglich, den Ritter jedoch sehr distanziert, die Kaufleute, die von ihren Reisen her mit den Christen nur schlechte Erfahrungen gemacht hatten, sogar frostig und ablehnend. Diese Abneigung bröckelte allerdings äußerst rasch, als man erstaunt hörte, wie der christliche Ritter in fließendem Jiddisch seine Not schilderte.

„Mein Freund Gottfried von Franken," erklärte Aaron-Elias lächelnd, „ist eben nicht zu vergleichen mit den Menschen, die wir Juden so im allgemeinen als Christen erleben. Er war begierig darauf, mit mir zusammen unsere Sprache zu lernen und etwas von unserer Kultur, von unserem Denken, ja sogar von unserer Religion zu erfahren, dass ich für meinen Teil euch bitte, ihm Hilfe zu gewähren."

Eine kurze Diskussion setzte ein, es war jedoch rasch klar, dass alle Ratsmitglieder dem Hausherren folgen würden. Aus Ablehnung war Interesse geworden, und dann wurde aus der allgemeinen Besprechung, was es an Möglichkeiten gebe, innerhalb kurzer Zeit sogar eine Art Begeisterung.

23

Schließlich einigte sich der Rat darauf, dass man vorläufig zwei Wege beschreiten musste. Zum einen musste aus einem christlichen Ritter ein normaler Bürger Cordobas werden, vom Aussehen her, von Bewegung und Tätigkeit, kurz, aus einem Gottfried sollte - obwohl ja im Grunde genommen nicht entscheidend, wurden aber doch verschiedene Namen diskutiert - aus einem Gottfried sollte ein Sabur werden. Sabur, einer der neunundneunzig Namen Allahs, versprach eine gute Verkleidung unter Sarazenen zu sein.

Das Zweite war eine Aufgabe für jeden einzelnen Rat. Jeder sollte, so vorsichtig wie nur möglich, in seiner Umgebung, in seiner Arbeit, bei allem Umgang mit Menschen in Cordoba lauschen nach Informationsfetzen zum Thema Janitscharen, jedem Hinweis nachgehen, wie beiläufig oder wie in Tratsch darüber reden mit Sklaven genauso wie mit Juden oder Sarazenen.

Jedes noch so kleine und vielleicht auch unwichtig aussehende Stückchen an Information sollte hier beim Arzt Aaron-Elias gesammelt werden, so lange, bis ein Mosaik an Hinweisen entstanden wäre, das Gottfried - nein, auch das musste man sich unbedingt abgewöhnen - bis ein Mosaik an Hinweisen entstanden wäre, das Sabur helfen könnte, seine Notlage zu überwinden.

„Ich fürchte, mein lieber Sabur," seufzte der Hausherr, als sie wieder allein waren, „wir werden uns darauf einstellen müssen, dass wir für deine Verwandlung mehr Zeit haben werden, als dir lieb ist. Aber na ja," er lächelte ermunternd, „um so besser wird das Ergebnis. Blonde Haare, das geht schon mal überhaupt nicht, aber da habe ich als Arzt gute Mittel, und ebenso bei der Haut an deinem gesamten Körper. Wir werden das alles kräftig dunkeln. Wenn du mir den Scherz erlaubst, wir wollen ja schließlich mit freudiger Hoffnung in die Zukunft blicken, wenn du mir also den Scherz erlaubst, Sabur wird sehr leicht bekleidet und schwitzend in meinem Hinterhof einige unangenehme Arbeiten verrichten, dann sorgt unser Klima schon dafür, dass meine Mittelchen überflüssig werden. Gleichzeitig werden wir so einige wichtige Dinge üben, bis sie perfekt sind : Einen Turban wickeln, Essgewohnheiten, beliebte Unterhaltungsspiele und so weiter, da wird mir schon genug einfallen, verlass dich drauf. Siehst du, niemand ist ohne Fehler, jetzt hätte ich das Wichtigste fast vergessen. Du musst ein guter Muslim werden, damit du dich jederzeit als solcher präsentieren kannst, du musst genügend Suren aus dem Koran auswendig können, du musst deinen eigenen Gebetsteppich benutzen können, du musst dich natürlich in einer Moschee so bewegen und verhalten können, dass kein Mensch auf die Idee kommt, du wärest jemand anderes als ein braver Bürger Cordobas."

Er umarmte seinen Freund. „Und all das, Sabur, wird sehr lange dauern. Aber ich wünsche dir, dass alles einen Sinn, eine Zukunft, ein Ergebnis zeitigen wird, das dich wieder glücklich macht."

Der Mann, der nun Sabur hieß, fragte nicht nach Tag oder Nacht, nach Mühe oder Belustigung, nach Müdigkeit oder Hunger. Er kannte nur noch eines : Ein guter, ein echter Muslim zu werden.

Nach zwei Monaten schlenderte er zum ersten Mal durch Cordoba, scheuchte, wie er es gelernt hatte, Sklaven mit einer Handbewegung beiseite, blieb unter Palmen stehen und beobachtete das geschäftige Treiben der Stadt. Vor allem - er fiel nirgends auf.

Eine Woche danach besuchte er den großen Markt, drängte sich durch die Unmenge an Menschen hindurch, begutachtete hier eine Ware, feilschte dort um ein Stück Obst, lauschte am Marktrand einem Geschichtenerzähler und trank wie unzählige andere Männer seinen Tee in einer der zahlreichen Teestuben. Vor allem - er wurde überall wahrgenommen als normaler Bürger, einer unter tausenden. Wieder einen Monat später besuchte er zum ersten Mal den Gottesdienst in einer Moschee, in einer der großen natürlich, ein Moslem unter hundert anderen, der seine Pflicht Allahs gegenüber erfüllt. Nichts machte er verkehrt, den Mann, der einst ein christlicher Ritter gewesen war, hielt niemand für etwas anderes als den, der Sabur hieß und einer der ihren war.

Das Sammeln von Informationen, die ein Mosaik ergeben sollten von Wert, dieses Sammeln allerdings hielt nicht Schritt mit der Geschwindigkeit, mit der ein Sabur zu einem echten Muslim wurde. Es dauerte fast ein Jahr, bis ein paar Stückchen dafür gefunden waren, sie reichten aber nicht aus, um wirklich einige Schritte vorwärts zu kommen.

Eines Abends, als Sabur vom Markt zurück zu Aaron-Elias' Haus kam, traf er seinen Gastgeber in einem aufgeregten Gespräch an mit Schetzel, einem der beiden Kaufleute aus dem Rat der Sieben. Dieser hatte neue Geschäftsverbindungen knüpfen können und zwar mit einem Beamten des Wesirs, der zuständig war für Lebensmitteleinkauf und Beschaffung für die drei Kasernen sowie für den dafür notwendigen Transport. Im Gespräch mit Schetzel hatte er geklagt, dass er bereits zweimal seinen Oberaufseher hatte entlassen müssen, denn er brauche ehrliche, unbestechliche Leute, auf die er sich verlassen kann und keine Schlawiner, die in die eigene Tasche arbeiteten.

„Ich habe sofort die Gelegenheit erkannt," redete Schetzel auf Sabur ein, „mit militärischen Sachen kennst du dich aus, und zudem bist du dann schon recht nah dran ! Du kommst in die Kasernen, kannst aus- und eingehen, siehst und hörst bestimmt manches, das du hier draußen niemals hören würdest. Was für eine Gelegenheit !"

Es gab nichts zu überlegen. Sabur nahm den Posten an.

Er bekam eine kleine Wohnung im Gesindehaus des Beamten und führte die Oberaufsicht bei allen Unternehmungen wie Transport und Verteilung der Sachen in den Kasernen Cordobas.

Bald kannten ihn alle Torwächter wie auch die Kommandanten. Die ersteren ließen ihn ohne jegliche Kontrolle oder Behinderung zu jeder Zeit passieren und die zweiten ließen ihn, nachdem er sehr energisch reagiert hatte, mit jeglichen Bestechungsversuchen in Ruhe.

Der Beamte des Wesirs war sehr zufrieden mit ihm, noch dazu, weil er rasch merkte, dass Sabur selbständig und gescheit genug war, um auch einen Teil der Arbeit zu erledigen, die eigentlich der Beamte selbst hätte erledigen sollen.

Es war also kein falscher Schritt gewesen, diese Arbeit anzunehmen. Aber nach einem weiteren Jahr wusste er über die Janitscharen immer noch genau so viel wie vorher.

Mit seinem Freund, dem jüdischen Arzt, und damit mit dem Rat der Sieben hielt Sabur nach wie vor Kontakt, aber natürlich keinen direkten, das wäre zu auffällig und damit gefährlich gewesen für alle. Aaron-Elias hatte eine Dienerin, die ungefähr drei Jahre älter war als Sabur und bereits Witwe, so dass sie sich frei bewegen konnte. Sie brachte ab und zu neue Mosaiksteinchen zu ihm und vermittelte auch umgekehrt, was er an Erfahrungen an die Juden weitergeben wollte.

Nach diesem ersten Jahr im Dienste des Wesirs hatte er sich an diese Dienerin, sie hieß Aenneea, so gewöhnt, dass er oft an sie dachte und sich dabei ertappte, dass er direkt auf ihr Erscheinen wartete.

Als sie dann das erste Mal über Nacht bei ihm blieb, wurde ihm bewusst, dass in seinem Leben eine weitere große Veränderung eingetreten war. Hatte er jetzt seine Frau verraten? Doch nein, er dachte nach wie vor mit Liebe an sie, aber irgendwie verschwand allmählich ihr klares Bild aus seinen Gedanken. Hätte damals, als sie miteinander glücklich waren, hätte damals ein Maler ihre Gesichtszüge festgehalten in einem farbigen Bild, das man jetzt, wo sie schon so lange nicht mehr da war, ansehen und betrachten hätte können, dann wäre eine Erinnerung leichter gewesen, aber so tauchte sie in einer Erinnerung, die an sich wohl nie vergehen würde, so tauchte sie aber als greifbares Bild immer mehr in Nebel.

Nun, das war wohl normal im menschlichen Leben. Viel, viel schlimmer war, dass es gar keinen Sinn hatte, sich das Aussehen des Sohnes immer wieder in Erinnerung rufen zu wollen. Sah er denn heute nicht sicherlich verändert aus? Nicht nur älter, sondern auch geprägt von der anderen Umgebung, von anderer Erziehung, beeinflusst von anderen Menschen? Hier endete jedes Grübeln in einer Sackgasse, hier lernte Gottfried, der nun Sabur war und hieß, dass kein Bild wichtig war, dass kein Verzweifeln Rettung brachte, dass ganz allein Hoffnung, Warten und Suchen die einzig wahren Werte für ihn waren.

Der Beamte des Wesirs übertrug - vertrauensvoll, so kam es Sabur vor - ihm immer mehr Verantwortung, bis er alle Tätigkeiten vollkommen ohne diesen erledigte, er brauchte nichts mehr nachzufragen und entschied alles selbst. Und nun wurde ihm nach fast zwei Jahren in dieser Arbeit klar, warum der Beamte so Wert gelegt hatte auf einen ehrlichen, unbestechlichen Vorarbeiter: Dieser war nämlich selbst nicht ehrlich, er erntete den Gewinn, ohne sich um etwas zu kümmern, und dazu hatte er jemanden wie Sabur finden müssen. Für Sabur selbst bedeutete dies, und er musste zugeben, dass er froh darüber war, es bedeutete, dass er ohne Kontrolle, ohne Rechenschaft und Überwachung fürchten zu müssen, völlig freie Hand in Arbeit und Leben hatte.

Sobald die verschiedenen Kaufleute merkten, dass Sabur nun allein der Ansprechpartner für Einkauf und Transport war, wurde er öfters eingeladen, wie ein hochstehender Herr behandelt und konnte sich in Gesprächen an Themen wagen, die zu berühren er als normaler Vorarbeiter sich nicht gewagt hätte. Dennoch - zum Thema Janitscharen und deren Ausbildungsort erfuhr er nichts wirklich Entscheidendes.

Auch die kleinen Beamten des Wesirs suchten nun seine Freundschaft oder zumindest Bekanntschaft, jetzt wo sie wussten, dass es keinen Sinn mehr machte, bei Angelegenheiten aller Art sich zu wenden an den eigentlich Verantwortlichen.

All das bedeutete, dass Sabur innerhalb Cordobas im Laufe der Jahre bekannt und geachtet wurde, wobei er doch immer versuchte, sich einigermaßen zurückzuhalten, also niemals in den Vordergrund eines Ereignisses zu kommen.

Eines Tages saß er nach abgeschlossener Lieferung in einem Nebenraum der Kommandantur einer Cordobaer Kaserne und überprüfte gewohnheitsgemäß noch einmal die Papiere, bevor er sie dem Kommandanten vorlegen würde zur Abzeichnung. Als er damit fertig war, nahm er die Unterlagen, verließ den kleinen Raum und ging die vier Schritte über den Flur zum Hauptzimmer.

Da die Tür weit geöffnet war, trat er ein - und schüttelte den Kopf vor Erstaunen. Der Kommandant, ein ziemlich arroganter und wirklich nicht feinfühliger Mensch lag auf dem Boden vor einem gewöhnlichen Soldaten und wagte nicht, das Gesicht vom Steinboden hochzuheben. Der Soldat, ein junger Kerl Anfang der Zwanzig, in einer schmucklosen, leicht verdreckten Uniform ohne jegliche Rangabzeichen, auf dem Kopf einen alten ledernen Übungshelm, hatte die Arme vor der Brust verschränkt und sah auf den am Boden Liegenden mit grimmiger Miene herab.

Als er Sabur bemerkte, starrte er diesen an ohne etwas zu sagen, so, als ob er auf etwas warte.

„Zu Boden mit dir vor Faruk-al-Faouzi," zischte da eine Stimme neben ihm, und erst jetzt bemerkte er einen weiteren jungen Soldaten in der Ecke, ebenfalls in der Uniform eines gemeinen Soldaten.

Sabur reagierte nicht. Er sah von einem zum andern und, obwohl er sich bemühte, er verstand diese Situation nicht. Er blieb also aufrecht stehen.

Erst als der Soldat in der Ecke seine Aufforderung wiederholte, diesmal lauter und sehr unwillig, schoss ihm die Erinnerung durch den Kopf.

Faruk-al-Faouzi. Ein paar Mal hatte er schon die Geschichten gehört von dem jüngsten Bruder des Wesirs, einem jungen Mann, den noch nie jemand aus dem einfachen Volk zu Gesicht bekommen hatte, der aber von den einfachen, niedrigen Leuten geliebt wurde eben durch das, was man sich von ihm erzählte.

Angeblich verkleidete sich dieser immer wieder und kontrollierte so unerkannt die verschiedensten Institutionen, als einfacher Bauer die Steuereinnehmer, als kleiner Handwerker die Beamten, die einen Bau zu bewilligen hatten, als Lastenträger die Gewichte, die zu schleppen waren, als Bettler die Almosen, die die Reichen vor der Moschee verteilten.

Und offensichtlich hatte er solches nun hier in dieser Kaserne getan und war, seiner Miene nach, nicht zufrieden mit dem Ergebnis.
Sabur fühlte, wie sein Kreuz steif wurde und der Magen sich langsam zusammenzog, aber jetzt war es wahrscheinlich sowieso zu spät, um sich zu Boden zu werfen.

Faruk-al-Faouzi ging einen Schritt auf ihn zu und schaute ihm ins Gesicht. Sabur konnte die Autorität, die dieser Bruder des Wesirs ausstrahlte, fast greifbar fühlen.

„Weißt du, wer ich bin ?" fragte der als einfacher Soldat Verkleidete.

„Jetzt ja, Hoheit," antwortete Sabur, „aber wenn es mir nicht zugerufen worden wäre, wäre ich auch jetzt noch in der gleichen Lage wie beim Eintreten."

„Siehst du, Salim," wandte sich Faruk-al-Faouzi an den in der Ecke Stehenden, ohne Sabur aus den Augen zu lassen, „siehst du, wie gut unsere Verkleidung ist ? Wäre er hereingekommen und hätte gerufen ,Oh, der Bruder des Wesirs' und hätte sich zu Boden geworfen, dann bei allen Dschinns, dann wäre unsere Verkleidung nichts wert gewesen. Und wie heißt du, der du ohne Uniform so *einfach in die Kommandantur eintreten kannst ? Und was machst du hier ?"*

Sabur erklärte es, und Faruk-al-Faouzi nickte mit dem Kopf.

„Dann bist du also dieser Vorarbeiter," meinte er, „auf dessen Schultern dieser stinkenfaule Oussama all seine Verantwortung abgeladen hat, um sich ein schönes Leben als gut bezahlter Beamter zu machen. Als Beamter des Wesirs. Eine Schande. Salim, können wir Oussama davonjagen oder hat er noch zu viele Beziehungen ?"

Bevor der Angesprochene noch antworten konnte, stieß Sabur rasch aus : „Bitte Hoheit, lasst ihn. Lasst mich so arbeiten wie bisher, ich bin zufrieden so, wie es ist."

Faruk-al-Faouzi sah ihn nachdenklich an.

„Mein Freund, der du recht daran getan hast, dich nicht vor einem gewöhnlichen Soldaten auf den Boden zu werfen, ich glaube, ich werde - zumindest vorläufig - deinen Wunsch erfüllen. Ich glaube aber auch, dass du ein Geheimnis hast, und das interessiert mich."

Sabur schaute ihn verblüfft an.

„Wie kommt Ihr auf ein, äh, Geheimnis, Hoheit ?"

Die Antwort kam aus der Ecke.

„Der Bruder des Wesirs," sagte der Soldat in der Ecke, der vorhin Salim genannt worden war und trat näher, „der Bruder des Wesirs ist von Allah und vom Propheten mit einer Menschenkenntnis gesegnet worden, die seinesgleichen sucht. Manche Leute, besonders die Herren Politiker, behaupten, er könne die Gedanken hinter der Stirn eines anderen lesen."

„Was eine Fähigkeit wäre," setzte Faruk-al-Faouzi trocken hinzu, „die nicht für ein menschliches Wesen, sondern allein für Allah vorgesehen ist. Aber," er lachte und zeigte mit dem Finger auf Saburs Gesicht, „in der Mimik eines Mannes lässt sich schon so einiges herauslesen, zum Beispiel zeigt mir dein Gesicht jetzt, dass ich nicht unrecht habe. Geheimnis oder Sorge, irgendetwas steckt hinter deiner Stirn."

Er wandte sich zum Gehen, und kurz vor der Tür rief er über die Schulter : „Steh auf, Kommandant, und danke meiner Begegnung mit Sabur ! Wegen ihm bleibst du im Amt, aber ändere dich !"
Dann verschwand er im Flur.

Auch Salim marschierte langsam los, hielt aber bei Sabur an.

„Ein Faruk-al-Faouzi sagt nicht umsonst zu jemandem ‚Mein Freund‘,“ flüsterte er so, dass der Kommandant nichts davon hören konnte, „wenn er etwas sagt, dann meint er es auch. Ich kenne ihn,“ er lächelte und fuhr laut fort, „ich kenne ihn wie kein zweiter, denn ich bin mit ihm aufgewachsen. Du wirst von uns hören.“

Dann verließ auch er den Raum. Ehrfurchtsvoll starrte der Kommandant nun Sabur an, denn er wusste genau, was dieser letzte Satz bedeutete.

Und zwei Wochen darauf verstand es auch Sabur, und es änderte sein Leben von Grund auf.

Ein Bote befahl ihn für den Abend in den Palast. Schon unten am Fuße der großen, glänzend weißen Treppe erwartete ihn Salim. Dieser führte Sabur durch Flure und Gänge in einen Seitenflügel, bis sie zu einer kleineren Wohnung kamen, in die er hineingebeten wurde. Im ersten Moment wusste er nicht recht, ob er sich zu Boden werfen musste oder ob eine Verbeugung genügen würde, aber seine Überlegung wurde vom jüngsten Bruder des Wesirs überflüssig gemacht, denn dieser eilte ihm entgegen, begrüßte ihn mit einer Umarmung und führte ihn zu einem reich gedeckten Tisch.

„Wundere dich nicht, mein Freund,“ sagte Faruk-al-Faouzi, „du musst wissen, meine Familie ist umgeben von Speichelleckern und Schleimkriechern, so wird es wohl auf der ganzen Welt sein überall dort, wo jemand Macht ausübt. Selten, aber umso notwendiger sind, das wirst du verstehen, echte Freunde. Ich erkenne den Wert eines Menschen rasch und ich habe mich noch nie geirrt. Darum frage ich dich, ob du uns diesen wertvollen Teil, den man Freundschaft nennt, entgegenbringen willst?“

Faruk-al-Faouzi erwies sich als ein Freund, der niemals zu viel verlangt. Er war scharfsinnig, mit reichlich Humor versehen und war vor allem durch sein Verkleidungsspiel und den dabei durchgeführten Kontrollen unbezahlbar für die Arbeit des Wesirs.

Es folgten noch zwei solcher Einladungen, und dann bestand Faruk-al-Faouzi darauf, dass Sabur seinen Posten als Vorarbeiter aufgebe und in seine Dienste trete. Zusammen mit Salim sollte er die geplanten Verkleidungs-Kontrollaktionen durchdenken und organisieren und, während Salim in gleicher Verkleidung stets an Faruk-al-

Faouzis Seite war, alles von außen beobachten, Fehler kritisieren, neue Vorschläge machen und mehr in dieser Art.

Sie wurden zu einem perfekt arbeitenden Trio, höchst gelobt vom Wesir, gefürchtet von allen Beamten, die Grund dazu hatten und, während Sabur und Salim im Hintergrund blieben, Faruk-al-Faouzi wurde zum Held der kleinen Leute. Niemand in der Öffentlichkeit wusste, wie er aussah, doch alle einfachen Leute in und um Cordoba liebten und verehrten ihn. Ihm wurden mit der Zeit mehr Heldentaten zugedichtet als er hätte Zeit gehabt zu vollbringen, aber das tat ja der ganzen Sache keinerlei Abbruch.

An manchen Abenden saßen die drei zusammen und freuten sich an ihrer Freundschaft, sprachen über Dinge außerhalb des Palastes und außerhalb ihrer Tätigkeit, und dabei kam natürlich die Rede oft genug auf Vergangenes, auf Kindheit, Herkunft, Erlebnisse und mehr. Bei einem dieser Treffen erlebte Sabur einen Rückschlag, von dem er sich lange Zeit nicht erholte.

Faruk, wie ihn mittlerweile auch Sabur nennen durfte, hatte bis jetzt weise geschwiegen, aber an diesem Abend sah er die Gelegenheit zum Reden gekommen. Sie waren alle drei fröhlicher Dinge, hatten einen großen Erfolg hinter sich und na ja, trotz der Mahnung des gerühmten Propheten doch nicht ganz auf den Genuss eines edlen Weines verzichtet.

„Sind wir Freunde," wurde Sabur gefragt, „sind wir Freunde, die sich verstehen und die nichts trennen kann ? Sind wir Freunde, denen man sein Herz öffnen kann ?"

Sorglos bestätigte Sabur dies eifrig.

„Dann, mein Freund," Faruks Miene wurde ernst, „dann sage uns bitte, welcher Kummer hinter deiner Stirn schlummert. Wir sind bereit, ihn mit dir zu teilen, und wir sind vielleicht auch fähig, Allah allein weiß es, wir sind vielleicht auch fähig, dir zu helfen."

Mit einem Schlag war Sabur völlig nüchtern. Seine Gedanken rasten. War das die Möglichkeit, den Janitscharen nahezukommen oder war alles aus, wenn er seine furchtbare Wahrheit eröffnen würde ?

Faruk legte ihm die Hand auf den Arm und sagte leise : „Bitte !"

Durch Saburs Kopf schossen alle Gedanken quer. Dann sah er eine Möglichkeit, die vielleicht wenigstens ein bisschen an Vorsicht enthielt.

„Was würdest du mir antworten," fragte er seinen Freund in ebenfalls leisem Ton, „wenn ich dir folgendes sage : Kannst du dir so etwas Ungeheuerliches vorstellen - einem christlichen Ritter wird der Sohn gestohlen, ein dreijähriges schlaues Bürschchen, das einzige Kind seiner Eltern. Die Mutter stirbt vor Kummer, und der Vater erfährt, dass das Kind zu einem Janitschar herangezogen werden soll. Er verkleidet sich nicht, so etwa wie du bei deinen Kontrollunternehmungen, nein, er wird ganz zu einem Muslim, zu einem echten Bürger Cordobas, und sucht nach diesen Janitscharen. Er sucht verzweifelt nach seinem Sohn. Kannst du dir so etwas vorstellen ?"

Totenstille zog in den Raum ein. Faruk-al-Faouzi sah seinen neuen Freund lange an, dann senkte er den Kopf und ein paar Tränen rannen die Wangen hinunter.

„Nein," flüsterte er dann, „nein, mein Freund, das kann ich mir nicht vorstellen. Das darf ich mir nicht vorstellen in deinem Interesse, denn weißt du, was geschehen würde, wenn die Geistlichkeit - die ist nämlich zuständig für die Ausbildung der Janitscharen - wenn die Geistlichkeit nur einen Funken davon hören oder auch nur ahnen würde ? Dann würden beide auf der Stelle getötet, beide, Vater und Sohn, ohne Zeitverzug und ohne näheren Beweis. Verstehst du das ? Nein, nein, in deinem Interesse kann ich mir das, was du mir sagtest, nicht vorstellen."

Er schien sich zu besinnen, während das Schweigen wie greifbar im Raum schwebte. Plötzlich grinste Faruk spitzbübisch und fragte wie aus heiterem Himmel : „Mit welchem Mittel färbst du eigentlich deine Haare ?"

Auch Sabur musste lächeln. „Ich glaube, das ist gar nicht mehr nötig. Seit einiger Zeit werden meine Haare sowieso immer grauer."

Ihre Beziehung, ihre Freundschaft blieb die gleiche. Faruk-al-Faouzi sprach dieses Thema niemals mehr an, und Sabur hatte zwar lange Zeit mit seinen Gefühlen und Ängsten zu kämpfen, war sich aber irgendwie im Unterbewusstsein sicher, dass der Freund es nicht *einfach so auf sich beruhen lassen würde, dazu war er zu ehrlich, zu mitfühlsam, zu korrekt.*

Mit der Zeit weihte ihn Faruk immer mehr in politische Gegebenheiten ein, ließ ihn immer mehr teilnehmen an seiner eigenen Funktion innerhalb der Macht.

Eines Abends eröffnete er Sabur, dass er demnächst verreisen werde.

„Einer meiner Onkels ist Statthalter des Sultans in der Stadt Ka-i-ra und hat um meinen Besuch gebeten. Du weißt ja inzwischen, eine solche Bitte ist nichts anderes als ein Befehl. Nun, da werde ich eine schöne Zeit von Cordoba weg sein. Weil ich selbstverständlich eine Vermutung habe, um was es geht," Sabur kannte seinen scharfsinnigen Freund, wahrscheinlich war hier vermuten gleichzusetzen mit wissen, *„brauche ich Salim auf dieser Reise, na ja, natürlich auch in Ka-i-ra selbst. Ich mache dich, Sabur, deshalb zu meinem Stellvertreter in Cordoba und bitte dich, dich um alle meine Angelegenheiten zu kümmern. In meinem Sinn, aber das brauche ich dir als Freund ja nicht extra zu erläutern."*

Faruk sah Sabur an, der nickte, auch wenn er überrascht war.

„Gut," meinte Faruk zufrieden, *„mit meinem Bruder, dem Wesir, habe ich bereits darüber gesprochen, er ist einverstanden. Also habe ich für nächste Woche eine Probe angesetzt."*

Er lächelte verschmitzt. „Eine Probe, die dir ganz sicher all dein Können und deine Geschicklichkeit abverlangen wird."

In neutralem Ton, wie er ihn zum Beispiel bei dienstlichen Unterredungen mit Beamten verwendete, fuhr er fort und beobachtete dabei Sabur scharf.

„Nach langen Jahren ist die Botschaft der Franken wieder geöffnet worden, und wie es so üblich ist, sind die anderen Botschafter zu einem Begrüßungsessen eingeladen. Ich soll von Seiten Cordobas im Namen des Wesirs an diesem Essen teilnehmen. Da ich nun aber nächste Woche zu diesem Termin keine Zeit habe, schicke ich dich als meinen Vertreter dorthin. Das einzige Problem dabei ist, ich kann dir keinen Dolmetscher mitgeben."

„Ich verstehe," antwortete Sabur lächelnd, *„mein Freund Faruk, ich kenne dich nun lange genug. Du hoffst darauf, dass die Christen frei drauflosreden, denn wenn der Vertreter Cordobas keinen Dol-*

metscher dabei hat, dann kann er ja nichts verstehen. Ja, ich begreife, was dir vorschwebt. Sei versichert, ich werde dir danach berichten können, was von dem neuen christlichen Botschafter zu halten ist."

Was von diesem Diplomaten zu halten war, das entsetzte ihn, wobei er sich natürlich nichts anmerken ließ. Etwas war die Angst in ihm hochgekrochen, als er an diesem Abend das Haus betrat, in dem er vor etlichen Jahren mit Frau und Kind glücklich und sorglos gelebt hatte, er hatte sich aber rasch wieder in der Gewalt. Man begrüßte ihn recht kühl, eigentlich eher von oben herab, und bei Tisch war er nur eine Randfigur.

Manches Mal musste er sich mühsam beherrschen, um sich nicht zu verraten, aber was dieser neue Botschafter von sich gab, war nicht nur stur und arrogant, es war schlichtweg dumm. Er trumpfte allein damit auf, dass er seinen christlichen Glauben über alles stellte und die Heiden, seien sie nun Muslime oder Juden oder Ungetaufte, dass er all diese Menschen als vernichtungswürdig über einen Kamm scherte.

Wie kam es nur, dass solch ein Ignorant die wichtige Aufgabe bekam, zu verhandeln und zu vermitteln ?

„Das sieht diesen muslimischen Kinderfressern ähnlich," meinte der Botschafter zum Beispiel sarkastisch, „dass sie die Juden nicht nur dulden in Cordoba, nein, noch schlimmer, die dürfen hier die verschiedensten Berufe ausüben ! Kann man sich solche Barbarei vorstellen !"

Als Sabur aufbrach, sich vor dem Hausherren verneigte und dieser als Abschiedsgruß mit herablassendem Blick nur ganz leicht mit dem Kopf nickte, da schaffte es der Stellvertreter Faruks einfach nicht, an sich zu halten. Der Botschafter erstarrte und blieb mit weit geöffnetem Mund wie angewurzelt stehen, als er den hohen Muslim in seiner Muttersprache sagen hörte : „Einer dieser Juden ist Arzt, ein ausgezeichneter übrigens. Ich wünsche Euch, dass Ihr seiner Hilfe nie bedürft, aber wenn, dann könnt Ihr Eurem Gott dafür danken, dass es ihn gibt."

Faruk lachte, als Sabur es ihm berichtete.

„Der Mann ist also dumm," stellte er fest, „manchmal ist es gut, wenn ein fremder Diplomat dumm ist, dann ist er leicht zu täuschen.

Aber das wirklich Dumme an Dummen in solch einer Position ist, dass sie gerade wegen ihrer Dummheit leider oft noch größere Dummheiten anrichten. Na ja, wie auch immer, du hast deine Sache gut gemacht. Übrigens," wie beiläufig fuhr er fort, „Salim und ich, wir reisen bereits nächste Woche ab. Du wirst deinen neuen Posten sicherlich ein paar Monate ausüben müssen. Ich wünsche dir alles Gute."

Nach einem halben Jahr war der Bruder des Wesirs immer noch nicht zurück in Cordoba. Sabur hatte bis dahin sich nur mit Routine-Angelegenheiten herumschlagen müssen, die ihm nicht allzu viel abverlangt hatten außer viel Zeit. Da erzählte ihm Aenneea eines Nachts, dass sein Freund Aaron-Elias wohl in rechte Schwierigkeiten kommen würde, der Rat der Sieben befürchtete sogar, dass bei einem Prozess die Stimmung gegen alle Juden wieder einmal überkochen könnte. Ein junger Mann aus reichem Hause war bei der Jagd gestürzt und unglücklicherweise hatte seine Jagdwaffe den linken Fuß nicht nur durchbohrt, sondern beim abrupten Fall auch noch kräftig aus dem Gelenk gedreht, so dass die Aussicht, es gäbe irgendeine Möglichkeit der Heilung, gleich null war. Man hatte den Unglücklichen zu Aaron-Elias gebracht, aber der konnte nur etwas tun gegen die Schmerzen und zur Vorbeugung, dass sich die Wunde nicht auch noch schlimm entzünden würde. Gerissene Sehnen, zersprungene Gelenke, da war die Kunst des Arztes leider hilflos. Doch die Eltern sahen das anders, wenn ihr Sohn nie wieder richtig würde laufen können, dann war der Arzt schuld, dann musste dieser vor den Kadi.

Nun hatte er die Gelegenheit, seinem alten Freund zu helfen und ihm damit zu danken für seine Unterstützung. Er informierte sich gründlich, und genau an dem Vormittag, als der Kadi den vorgeladenen Arzt zur Befragung empfing, war auch er anwesend. Auf die Frage des Kadis hin, welches Interesse er an diesem Prozess habe, antwortete er mit deutlich besorgter Miene : „Faruk-al-Faouzi wünscht sich bei seiner Heimkehr in Behandlung dieses Arztes zu begeben. Nun muss ich als sein Stellvertreter natürlich Bescheid wissen, ob das überhaupt möglich ist. Der Bruder des Wesirs wird sehr verärgert sein, wenn ich ihm berichten muss, dass wir gezwungen sind, einen anderen Arzt zu suchen."

Die folgende Befragung war kurz, der Kadi stellte sofort fest, dass der jüdische Arzt keinen Fehler gemacht habe, im Gegenteil, es sei wünschenswert, dass dieser tüchtige Mann weiter zum Wohle Cordobas arbeiten kann. Die Aufnahme eines Prozesses gegen Aaron-Elias wurde abgelehnt.

Es dauerte noch einmal sechs Monate, bis Faruk und Salim nach Cordoba zurückkehrten. In all dieser Zeit war Sabur so dicht am gesamten politischen Geschehen Cordobas, dass er in alle möglichen Themen der Macht Einblick erhalten hatte, nicht aber einen Schritt weiter war in seiner Suche.

Seit dem frühen Nachmittag saßen die drei in Faruks Wohnung beisammen und Sabur berichtete in groben Zügen, was in den vergangenen Monaten geschehen war, was er unternommen hatte und wie er diverse Angelegenheiten geregelt hatte.

Als es dunkel wurde, entzündeten die Diener eine Menge Lichter, und Faruk und Salim begannen, von Ka-i-ra und ihren Erlebnissen dort zu erzählen.

„. .. .was meinst du, was wir gelacht haben. So etwas erlebt man nicht oft, hier in Cordoba schon gar nicht. Ah," Faruk stupste Sabur mit dem Finger an, „das Sonderbarste, was wir erlebt haben, betrifft übrigens dich."

„Ich weiß nicht einmal, wo euer Ka-i-ra liegt," antwortete Sabur, „wie kann mich denn da etwas betreffen ?"

Faruk nickte sinnend mit dem Kopf. „Ja, das war sehr merkwürdig. Pass auf ! Nein, zuerst, Ka-i-ra liegt am Nordrand Afrikas, von hier aus praktisch so weit im Osten, dass man quer durch das ganze Meer segeln muss. Also jetzt pass auf ! Dort gibt es einen weisen Mann, der wie der Prophet Mohammed in der Wüste lebt. Er beantwortet alle Fragen, alle, fast immer aber als Orakel. Du weißt, was ein Orakel ist ? Ja genau, wenn man die Antwort nicht genau versteht oder erst im Nachhinein, oft eben erst dann, wenn etwas passiert ist dazu. Also wir beide haben diesen weisen Mann in seiner Einsamkeit aufgesucht, und ich habe ihn zu dir befragt. Ja, zu dir, Sabur. Ich habe wortwörtlich ungefähr so gefragt : Wird mein Freund Sabur erleben, dass sich sein sehnlichster Wunsch erfüllt ?"
Er machte eine bedeutungsvolle Pause.

„Willst du hören, was er geantwortet hat ? Ja ? Nun, es ist natürlich ein Orakel. Er hat überlegt, sich in Trance versetzt und dann mit klaren, deutlichen Worten gesagt – das erste Wort hat keiner von uns verstanden, es klang so wie Godfred - also : Godfred wird sein Ziel nicht erreichen, aber er wird mehr als sein Ziel erreichen.“

Sabur war leichenblass geworden.

Salim nahm ihn mit der einen Hand am Arm und hielt ihm mit der anderen seinen Becher mit Wasser hin.

„Trink ! Trink den Becher aus und kippe uns nicht um, denn Faruk hat dir noch etwas zu sagen.“

Sabur tat wie ihm geheißen, und es kehrte wieder etwas Farbe in sein Gesicht zurück.

Jetzt nickte der Bruder des Wesirs, fast traurig. „Und jetzt kommt etwas, das mich und dich betrifft. Meine Zeit in Cordoba ist um. Mein Onkel hat mich deshalb zu sich gerufen, weil er sehr krank ist und seinen Pflichten nicht mehr nachkommen kann. In bin sein Nachfolger auf diesem Posten, und mein Leben wird sich ab jetzt in Ka-i-ra abspielen. Salim geht natürlich als mein Berater mit mir, aber was ist mit dir ? Ich glaube kaum, dass du weggehen wirst von Cordoba.“

„Erst, wenn ich …“

„Ich weiß,“ fiel ihm Faruk ins Wort, „ich weiß, du brauchst es nicht aussprechen. Unsere Wege werden sich also trennen.“

Am Vorabend der Abreise wurde im Palast ein rauschendes Fest gefeiert.

Am nächsten Morgen waren sie zum letzten Mal zusammen.

„Wir machen die Verabschiedung kurz, kurz, aber leider nicht schmerzlos,“ bestimmte Faruk, und er und Salim umarmten Sabur.

„Es tut weh, zu wissen, dass man nie wieder von einem Freund etwas sehen, hören oder erfahren wird. Doch es muss sein. Sabur, zwei Sachen zum Abschied. Das eine ist, dass ich nun weiß, was das erste Wort des weisen Mannes von Ka-i-ra bedeutet. Es war für einen der Tüchtigen unter meinen Beamten kein großes Problem, herauszufinden, dass vor etlichen Jahren im Gefolge des Botschafters eines fernen Landes ein junger christlicher Ritter war, der Gottfried hieß, Gottfried, nicht Godfred, wie wir gehört hatten. Deshalb sage ich: Möge Allah dich, Sabur, segnen und dir beistehen, und möge der Gott der Christen dir, Gottfried, dein Sehnen erfüllen und deiner Suche ein Ende setzen."

Faruk-al-Faouzi umarmte seinen Freund noch einmal, wobei beiden etliche Tränen das Gesicht hinunter liefen. Dann klatschte er zweimal in die Hände, und ein junges Mädchen erschien.

„Mein Freund, den ich nie vergessen werde," sagte er, „dieses Mädchen ist Maimouna. Nimm sie als Geschenk und als Andenken von mir."

Sabur sah ihn betroffen an. „Du machst es mir schwer, bester aller Freunde. Ich werde dich auch nie vergessen, und deshalb wage ich es nicht, dein Geschenk zurückzuweisen. Aber du weißt eigentlich, dass ich weder Sklaven noch Sklavinnen halte."

Faruk lächelte, sein Lächeln war eine Mischung aus Wehmut und Spitzbübigkeit.

„Ich rate dir," sagte er leise, aber fest, „behalte sie. Lass' sie in deiner Nähe, man weiß nie, was für einen Nutzen ein Geschenk haben kann."

Ein letztes Mal umarmte Faruk den Freund und verschwand dann rasch aus dem Zimmer.

Nun verabschiedete sich auch Salim. Er überreichte Sabur eine Tasche, die an Gewicht schwer und fest verschnürt war und ließ sich von seinem Freund versprechen, dass dieser die Tasche nicht vor Ablauf einer Woche öffnen würde. Dann lief er hinter Faruk her.
Sabur sah beide nie wieder. . . . . .

. . . . . „Dieses Mädchen Maimouna erwies sich als das größte Glück, das ich bei der Suche nach meinem Sohn bekommen konnte. Sie erzählte mir, woher sie kam, wo sie überall schon gewesen war in ihrem jungen Leben, und sie erzählte mir von dem Kind ihrer Schwester, für das sie sorgen müsse, da die Schwester schon im Kindbett gestorben war. Nun, Hauptmann Albert, Ihr werdet mit Recht fragen, was daran Glück sein kann.

Maimouna und ihre Schwester gehörten zu den jungen Mädchen, die den Janitscharen, die einen Auftrag bekommen, in den letzten beiden Wochen vor ihrer Abreise Tag und Nacht Gesellschaft leisten müssen. Die Schwester verbrachte diese Zeit mit einem blonden jungen Mann, merkte nach dessen Abschied, dass sie schwanger war und brachte ein Mädchen - meine Enkelin ! - zur Welt."

„Wie könnt Ihr da so sicher sein," Albert schaute seinen Gast fragend an, „ein blonder junger Mann ? Wenn die Muslime Kinder rauben, um sie zu Janitscharen zu erziehen, dann werden darunter doch gewiss mehr Blondschöpfe sein, oder ?"

„Ja, ja, natürlich, sicher gibt es mehr Blonde als nur meinen Sohn. Aber dieser blonde Janitschar hatte Maimounas Schwester erzählt, dass er sich an nichts anderes erinnern kann in seinem Leben als Cordoba, er meinte, er war in Cordoba zur Welt gekommen und dort aufgewachsen. Er hatte noch deutlich im Gedächtnis, dass er als ganz kleiner Bub schon drei Sprachen konnte, eben sarazenisch, jüdisch und unsere Muttersprache. Das kann kein Zufall sein, so etwas gibt es nicht zweimal, das muss mein Sohn gewesen sein."

Albert nickte nachdenklich. „Das halte ich tatsächlich für einen stichhaltigen Beweis, dass es sich um Euren Sohn handelt. Welch unheimliches Glück ! Und dieses Mädchen musste wohl auch gewusst haben, wohin sein Auftrag den Janitschar führen würde, denn," so folgerte er, „denn sonst wäret Ihr ja nicht ausgerechnet hier in Salzburg."

„Das war nicht so ganz leicht, bis sie ihrer Erinnerung sicher war. Sie wusste zwar in ihrer Sprache ganz genau, dass der Zielort etwas zu tun hatte mit Salz, aber wenn man das in unsere Sprache übersetzt, dann könnte es ja auch eine Ortschaft sein, die im Namen ‚Hall' hat, denn das bedeutet ja auch Salz."

„Ja," mehr sagte Albert nicht. Er füllte beide Kelche noch einmal und prostete seinem Gast zu. Der sah ihn fragend an. Doch der Salzburger Hauptmann blieb noch einen ganze Weile still. Wie oft hatte er schon jemandem eine schlechte Nachricht bringen müssen, sei es, dass ein Kind in der Salzach ertrunken oder ein Ehemann bei der Arbeit tödlich verunglückt war oder gar die Nachricht, dass ein Jugendlicher bei einer Rauferei umgekommen war. Doch jetzt spürte er, war es anders. Dieser Gottfried von Burgbach war hier bei ihm am Ende seiner Suche, doch nicht so, wie er es sich erhofft und erträumt hatte. Irgendwie brachte er es nicht über's Herz, Klartext zu reden.

„Ja," wiederholte er, „ich glaube, dass Salzburg für Euch das Ende der Reise ist. Aber bitte," setzte er rasch hinzu, bevor sein Gast etwas sagen konnte, „bitte erlaubt mir dies : Es ist heute sowieso nicht mehr möglich, dorthin zu gehen, wo wir beide hingehen müssen. Gehen wir zu Bett, seht noch einmal nach Eurer Enkelin, und dann schlaft in Ruhe, morgen bringe ich euch an den Ort, nach dem Euch verlangt. Und," Albert zögerte ein bisschen, entschloss sich aber doch dann zu den Worten, „und wir werden sehen, dass die Worte des weisen Mannes aus Ka-i-ra wirklich ihren Sinn hatten."
Am Gesicht seines Gastes erkannte er, dass dieser die Wahrheit ahnte.

Am nächsten Morgen kniete ein erschütterter Gottfried – Sabur vor einem einfachen, schmucklosen Grab in dem kleinen Friedhof außerhalb der Stadt. Während des Weges dorthin hatte Albert ihm erzählt von dem blonden jungen Ritter, der eine Zeitlang auf der Burg gelebt hatte, und von den mysteriösen Anschlägen auf den Fürst-Bischof zu Salzburg, für die damals niemand eine Erklärung fand. Und - er hatte ihm von Stephan von Tiers und Raimund von Fulinpach erzählt, die ihn als ihren Freund betrachtet hatten, aber von ihm in die Zwangslage gebracht worden waren zu entscheiden, ihr Leben oder seines.

„Das Grab ist falsch," murmelte Gottfried von Burgbach noch kniend, dann erhob er sich langsam und wies mit der Hand zur Sonne, „mein Sohn liegt mit dem Kopf nach Süden."

Albert schüttelte den Kopf. Dass bei Beerdigten die Richtung eine Rolle spielen sollte, davon hatte er noch nie gehört.

„Alle Gräber schauen in die gleiche Richtung," sagte er, „niemand wird eines plötzlich quer graben. Warum auch ?"

„Mit Ausnahme meines Sohnes," antwortete Gottfried ernst, „liegen hier sicher lauter Christen. Aber mein Sohn war ein Muslim, und in das Paradies kann er nur eingehen, wenn er mit dem Kopf nach Osten liegt, denn im Osten liegt Mekka, die heilige Stadt des Propheten. Jeder Muslim muss mit dem Kopf nach Osten schauend begraben werden."

Albert schüttelte bedauernd den Kopf. „Dieses Ansinnen bringt Ihr hier besser nirgends vor. Allein wenn der zuständige Pfarrer erfahren würde, dass hier ein Muslim in heiliger Kirchenerde liegt, allein das würde die Hölle hervorrufen. Und wenn die Angehörigen der hier Bestatteten etwas davon zu hören kriegen würden, um Himmels Willen, das gäbe einen Aufstand."

„In Cordoba würde ein Wunsch eines Christen für eine christliche Beerdigung keinerlei Probleme machen, das wäre den muslimischen Behörden egal."

Albert schüttelte noch einmal energisch den Kopf. „Nein, auf keinen Fall dürfen wir irgendetwas in dieser Art unternehmen. Nicht nur Ihr, ich genauso, wir kämen in Teufels Küche. Nein, lasst das bitte bleiben."

„Dann lasse ich ihn ausgraben und kaufe ihm einen eigenen Friedhof," murmelte Gottfried, „ich habe Geld genug."

Albert schaute rundum, aber sie waren allein, niemand war in der Nähe zu sehen.

„Ihr habt wirklich zu lange in der Fremde gelebt," meinte er, „mag sein, dass Cordoba so zwiegespalten ist, so tolerant, was Tote betrifft, und gleichzeitig so aggressiv Attentäter aussendend, um Lebenden zu schaden. Hier aber werdet Ihr es niemals und nirgendwo erreichen, dass ein Muslim ordentlich begraben wird, eher wirft man seinen Leichnam den Hunden vor. Seid froh, dass wir euren Sohn als braven Christen haben beerdigen können. Schlagt euch bloß jeden Gedanken an eine nicht christliche Beerdigung aus dem Kopf, sonst riskiert Ihr noch zusätzlich Euren eigenen."

„Ich finde einen Weg," formulierte Gottfrieds Mund lautlos, wobei er seine Augen auf das Grab heftete, „das verspreche ich dir, mein Sohn."

Dann drehte er sich zu Albert.

„Könnt Ihr mir helfen, die beiden jungen Ritter kennenzulernen, die meinen Sohn getötet haben?"

Albert grübelte einen Moment, dann sah er den Frager an.

„Wollt Ihr Euren Sohn rächen?"

„Was?" Gottfried war verblüfft. „Rächen? Aber nein, Hauptmann Albert, ich schwöre beim Leben meiner Enkelin, dass ich nicht einen Anflug von einem Gedanken in dieser Richtung gehegt habe. Diese beiden jungen Männer sind die einzigen, die mir etwas erzählen können, die meinen Sohn näher gekannt haben, die vielleicht wissen, was er gedacht, geredet, sich bewegt hat. Versteht Ihr?

Was sollte ich rächen wollen ? Mein Sohn war ein Janitschar, ein Mann mit einem besonderen Auftrag, ich kann mir nur zu gut vorstellen, was er hier angerichtet hat. Nein, das Wort Rache könnt Ihr getrost vergessen. Ich will mir ein Bild machen davon, wie mein Sohn als junger Mann ausgesehen hat, ich möchte von all dem hören, das ich nicht mehr sehen kann. Versteht Ihr ?"

„Doch, ja, das verstehe ich," antwortete Albert, „doch, das können die beiden sicher. Sie betrachteten ihn nämlich als ihren Freund und es versetzte ihnen schon einen anständigen Schock, als er sie zwang, zwischen Leben und Tod zu wählen."

„Die beiden müssen ebenfalls außergewöhnliche Kämpfer sein, denn in einem Normalfall haben zwei Soldaten keine Chance gegen einen Janitschar."

Albert schmunzelte. „Oh ja, die beiden sind etwas Besonderes. Es sind Männer des Herzogs, wie soll ich sagen, sie gehören auch so einer Art Elitetruppe an. Und genau deswegen weiß ich nicht, wann ich mit ihnen Kontakt knüpfen kann, sie sind viel unterwegs."

„Dann muss ich in die Residenzstadt," meinte Gottfried entschlossen.

„Nein, das macht nicht. Bis Ihr Euch dort zurechtfindet, bis Ihr dort eine Möglichkeit zur Kontaktaufnahme bekommt, nein, nein, bleibt Ihr hier in Salzburg. Ich freue mich, wenn Ihr unsere Gastfreundschaft nicht ausschlagt. Ich weiß eine gute Möglichkeit, den beiden Nachricht zukommen zu lassen."

Albert erklärte dies Gottfried nicht näher, er dachte daran, über das Kloster in Berchtesgaden eine Nachricht für Raimund und Stephan laufen zu lassen, denn das hatten sie ihm damals angeboten für den Fall, dass er einmal ihrer Hilfe bedürfe.

„Ja," wiederholte er, „wir können hier in Salzburg darauf warten, dass wenigstens einer der beiden kommen wird, denn meine Nachricht dürfte sie ziemlich rasch erreichen."

* * *

Im Vergleich zu dem Gejammer der Äbtissin war die ganze Angelegenheit auf der Klosterinsel ein Kinderspiel gewesen. Als die vier, Stephan, Raimund, Petrus und Franz-Xaver dort eintrafen, fanden sie drei mittlerweile verängstigte junge Burschen vor, zwar von den einfachen Nonnen mit Essen und Trinken versorgt, aber die Novizin, die die Äbtissin ans Festland hatte rudern müssen, hatte deren Boot erwischt, und die sechs am Klostersteg liegenden Boote waren mit Ketten gesichert, so dass sie nun fürchteten, der bald nahenden Obrigkeit hilflos ausgeliefert zu sein.

Die anderen hatten zugestimmt, als Franz-Xaver nach einigem Hin und Her vorschlug, die Nacht abzuwarten und den Verliebten samt seiner Gefolgschaft im Schutze der Dunkelheit überzusetzen.

Drüben erwies es sich als sehr günstig, dass man die ehrwürdige Mutter beim reichsten Fischer einquartiert hatte und die Novizin in einem Schafstall untergebracht war. So konnte zum einen die hohe Dame ungestört ihre Nachtruhe genießen, und die Novizin dem Klosterleben Ade sagen, indem sie mit ihrem Liebsten das Weite suchte.

Und nun waren Petrus, Raimund und Stephan in einem Bogen um den Chiemsee weiter nach Osten geritten. Der wichtige, stets belebte große Handelsweg lag jetzt ein gutes Stück nördlich von ihnen und sie zogen gemütlich durch Waldgebiete und kleine Dörfer, denn es eilte ihnen nicht und sie wussten, dass Petrus in Zukunft, wenn er erst einmal im Kloster Berchtesgaden das Amt des schwer kranken Kardinals übernommen hätte, dass er dann nicht mehr allzu oft mit ihnen zusammen sein würde.

Zwei Stunden vor Berchtesgaden kamen sie durch ein Dorf, das sie von früher, von einem ihrer Aufträge her gut kannten. Hier war wegen einer Quelle, deren Wasser als gesund und heilkräftig galt, ein kleines Frauenkloster, und hier hatten sie bei der Geschichte mit den verschwundenen Kindern Unterstützung gefunden.

„Nicht schon wieder," stöhnte Raimund, als sie ins Dorf einritten und einen beachtlichen Menschenauflauf sahen und entsprechend großes Geschrei hörten, „nicht schon wieder was passiert ! Können wir denn nicht in Ruhe reisen ?"

Stephan grinste. „Du alter Raufbold bist ja schon auf der Fraueninsel nicht dazu gekommen dreinzuschlagen. Vielleicht geht hier was ?"

Inzwischen war Petrus von seinem Pferd gesprungen und hatte sich durch die Menge gedrängt, da er in der Mitte den Pfarrer des

Dorfes zu erkennen glaubte. Und tatsächlich stand dieser in dem kleinen offenen Kreis, den die Menge bildete, neben ihm ein grobschlächtiger Mann mit einer Peitsche in der Hand und in der Mitte, was man erst hier sehen konnte, kniete eine Frau, der das Kleid hinten aufgerissen war.

„Halt !" schrie Petrus, als der Mann mit der Peitsche ausholte und sprang zwischen ihn und die Frau. „Was ist hier los ?"

Der Grobschlächtige zögerte, sah zum Pfarrer und ließ die Peitsche ein wenig sinken.

Unwillig wischte der Pfarrer mit der Rechten durch die Luft, so, als wolle er Petrus auf diese Weise vertreiben.

„Ich hab' Euch schon mal gesehen," brummte er, „Ihr kommt vom Berchtesgadener Kloster. Aber mischt Euch hier nicht ein, Ihr habt hier nichts zu sagen, das ist meine Pfarrei."

Petrus bemerkte, dass der Grobschlächtige die Peitsche wieder gehoben hatte und fuhr diesen an : „Runter mit der Peitsche ! Ich will wissen, was hier los ist !"

Irritiert sah dieser wieder zu seinem Pfarrer, und als dieser mit dem Kopf nickte, holte er weit mit der Peitsche aus.

Im nächsten Moment warf ihn ein Fußtritt von Stephan, der sich mit seinem Pferd durch die Menge gedrängt hatte, zu Boden. Neben ihm machten die Leute Platz für Raimund, der ebenfalls auf seinem Pferd sitzen geblieben und sich herangedrängt hatte.

„Wir sind Männer des Herzogs," rief Stephan, „hier geschieht jetzt nichts ohne unsre Erlaubnis ! Und jetzt noch einmal die Frage : Was ist hier los ?"

Es war still geworden, hier hörte man ein Schnaufen, dort ein Scharren mit den Füßen, aber kein Geschrei mehr.

„Dieses Weib gehört bestraft," sagte der Pfarrer mit murrendem Unterton, „sie ist eine Hexe."

Petrus bückte sich, nahm die Frau am Arm und half ihr hoch, wobei wieder ein unwilliges Knurren und Gemurmel bei den Näherstehenden zu hören war.

Die Frau, jetzt konnte man deutlich sehen, dass es sich um eine Zigeunerin handelte, hielt ihr zerrissenes Kleid über der Brust zusammen, sah Petrus ins Gesicht und erschrak offensichtlich.

„Eminenz," hauchte sie und verbeugte sich, „ich bin keine Hexe."

Wütend und mit hochrotem Gesicht zischte der Pfarrer : „Eminenz ? Das ist ein Pater aus dem Kloster und keine Eminenz ! Gib acht, was du sagst, Weib !"

Die Zigeunerin sah Petrus ins Gesicht und wendete sich dann zum Pfarrer.

„Noch heute wird er Kardinal," antwortete sie mit fester Stimme, „noch heute. Aber," und sie sah nochmals Petrus an, „aber es wird dir dein Leben schwer machen."

„Und was wird jetzt mit auspeitschen ?" Der Grobschlächtige hatte sich wieder erhoben und starrte den Pfarrer an.

„Gar nichts wird damit," rief Raimund laut, „im Namen des Herzogs verbieten wir diese Strafaktion. Ihr alle," er sah rundum und winkte mit der Hand, „ihr alle macht, dass ihr heim oder an die Arbeit kommt. Und hofft nicht darauf, dass der Herzog solchen Unfug billigt !"

„Und Ihr, Herr Pfarrer," setzte Stephan hinzu, „Ihr werdet auf der Stelle unsere Aussage bestätigen und die Leute ebenfalls auffordern zu verschwinden."

Als der Pfarrer sich nicht rührte, zog Stephan sein Schwert.

„Ich sagte auf der Stelle," seine Stimme klang kalt und beißend.

Widerwillig folgte der Pfarrer der Drohung.

Als fast alle aus der Menge verschwunden waren, fasste Petrus den Pfarrer am Ärmel.

„Das ist nicht recht," er sah ihm fest in die Augen, „einen Menschen ohne ordentliches Gericht zu verurteilen. Ihr als Seelsorger dieses Dorfes dürft solches schon zweimal nicht, besser wäre es, Ihr ginget mit gutem Beispiel voran."

Der so Gerügte trat heftig einen Schritt zurück.

„Und sie ist doch eine Hexe ! Sie sagt den Menschen die Zukunft voraus, sie zieht Gottes Zorn auf uns !"

Petrus schüttelte den Kopf.

„Wir nehmen sie mit nach Berchtesgaden," meinte er zu Raimund und Stephan, „es wird besser sein, sie von hier wegzubringen."

„Dann nehmt auch ihren verhexten Esel mit," rief der Pfarrer, „ich will nichts von diesem Hexenweib hier haben."

„Na also," grinste Raimund, „auch die Transportfrage ist schon gelöst. Hol deinen Esel," sagte er zur Zigeunerin, „und dann nichts wie ab nach Berchtesgaden. Wenn uns unterwegs noch mal eine solche Geschichte aufhält, dann kommen wir womöglich noch unter Zeitdruck."

„Hast du außer dem Esel auch noch irgendetwas zum Anziehen," fragte Petrus, „oder soll ich beim Pfarrer etwas besorgen? Das wäre das Mindeste an Entschuldigung für ihn."

Energisch lehnte die Zigeunerin ab. „Ich brauche kein Almosen von jemandem, der mich auspeitschen lassen wollte. An meinem Esel hängt mein Bündel, da ist eine Jacke drin."

Ein solches Bündel war allerdings nicht mehr zu finden beim Esel, also musste Petrus doch zum Pfarrer. Dieser sträubte sich lange, aber Petrus ließ nicht locker. Schließlich kam er mit einem alten kurzen, aber sauberen Mäntelchen zurück.

„Hier," sagte er zur Zigeunerin und hängte ihr das Kleidungsstück um, „von wem es ist, weiß ich nicht, aber als Notersatz wird es schon noch seine Dienste tun."

Dann brachen sie auf.

Wegen des Esels kamen sie ziemlich langsam voran. Die Zigeunerin hielt sich stets in Stephans Nähe und beobachtete ihn eine Zeitlang mit erstaunter Miene.

Schließlich sprach sie ihn an, und Stephan registrierte vergnügt, wie sie zwischen ‚Ihr' und ‚du' hin und her wechselte, je nachdem, in welchen Stand sie ihn einordnete.

„Du bist einer von uns? Du hast die Ausstrahlung von einem Zigeuner. Nein, ihr seid ja Männer des Herzogs. Und Ihr seid blond, ein blonder Ritter, ja, aber ein blonder Zigeuner? Aber ich spüre doch ganz deutlich deine Zigeunerausstrahlung!"

Sie musterte ihn von oben bis unten und schüttelte zweifelnd den Kopf. Stephan lächelte nur, er wollte abwarten, was sie noch sagen würde. Da drängte sie ihren Esel ganz nahe an sein Pferd und berührte ihn mit der rechten Hand. Sie zuckte zusammen.

„Ihr seid wirklich ein Ritter," die Stimme der Zigeunerin klang sehr betroffen, „Ihr seid ganz gewiss ein Ritter, ein Mann des Herzogs, aber durch den Tod von Zigeunern gehörst du zu uns. Du bist einer von uns, aber mehr sehe und verstehe ich nicht."

„Woher hast du diese Fähigkeit, solche Dinge zu erraten," fragte Stephan, „meine Frau kann so etwas nicht."

47

Die Zigeunerin zuckte mit den Schultern. „Wenige von uns haben diese Gabe, die meisten jedoch haben sie nicht nicht. Aber ich errate nichts, sondern ich spüre . . . . Deine Frau ? Du hast eine Zigeunerin zur Frau ? Ja," sie wiegte den Kopf, „ja, das erklärt deine Ausstrahlung. Doch wie kommen ein Ritter und eine Zigeunerin zusammen ?"

„Das ist eine lange Geschichte, dafür ist jetzt, ach was, kurz gesagt : Wir hatten den Auftrag, eine Menschenjagd zu unterbinden. Dabei kamen wir zu spät, um eine Zigeunerin zu retten, die jüngere Schwester dieser Frau ist heute mit mir verheiratet."

„Wer hat euch den Auftrag gegeben, gegen eine Jagd auf Menschen vorzugehen ?"

Stephan lächelte. „Unser Herzog, du hast ja gehört, wir sind Männer des Herzogs."

„Hat der Herzog gewusst, dass es sich um Zigeuner handelt ?"

„Das hat er," bekräftigte Raimund, der bis jetzt stumm zugehört hatte, „und jetzt bitte Schluss mit der Unterhaltung, wir müssen unser Tempo etwas steigern, sonst werden wir am Ende noch eine Übernachtungsmöglichkeit suchen müssen."

Die Zigeunerin wies mit der Hand auf kleines Wäldchen, das auf der breiten Kuppe eines Hügels den Hügel höher erscheinen ließ, als er war.

„Wenn Ihr erlaubt, dass ich mich hier verabschiede," sagte sie, „dort oben lagern meine Leute. Ich danke euch von Herzen für die Rettung vor der Peitsche."

Ohne eine Antwort abzuwarten, lenkte sie ihren Esel vom Weg ab und er lief, als ob er wüsste, wohin es gehen sollte, in fast einem Galopp durch die Wiese.

* * *

Es war ein langer Tag geworden. Schon am Abend, als sie im Kloster zu Berchtesgaden angekommen waren, hatten sie erfahren, dass der Hauptmann der Salzburger Büttel um ihren Besuch gebeten habe - es war sogar schon ein Mönch mit dieser Nachricht in die Residenzstadt geschickt worden - jedoch waren sie über Nacht noch im Kloster geblieben, denn Petrus war als neuer Kardinal empfangen worden, sein Vorgänger war am Morgen des vergangenen Tages gestorben.

Früh am Morgen waren dann Stephan und Raimund aufgebrochen, und der Weg bis Salzburg war nicht weit.

Und dann war es ein langer Tag geworden. Albert hatte die neu aufkeimende Ungeduld seines Gastes bremsen müssen, natürlich wollte Gottfried von Burgbach hören, was ihm die beiden jungen Ritter berichten konnten von seinem Sohn, aber schließlich hatte er eingesehen, dass er zwangsläufig doch als Erster dran wäre zu erzählen. Und so hörten Raimund und Stephan fasziniert zu, wie zum einen der Gast seine Lebensgeschichte vor ihnen ausbreitete und wie zum andern dadurch immer klarer wurde, wie ihr verstorbener Freund gedacht haben musste, welche Motive ihn gelenkt hatten, und aus welchem Grund er ein solch außerordentlicher Kämpfer gewesen war. Vor den Augen der beiden lebte der Freund wieder auf, war als deutliches Bild wieder in der Erinnerung. Und genau dies spürte Gottfried danach, als Stephan und Raimund abwechselnd ihre Erinnerungen in Worte fassten, auch er meinte, den Sohn als jungen Mann bildlich sehen zu können. Immer wieder fragte Gottfried nach Einzelheiten, nach weiteren Episoden aus der gemeinsamen Zeit der drei auf der Salzburger Burg.

Erst als Alberts Frau zum vierten Mal gemahnt hatte, dass es Zeit war für die Abendmahlzeit, schaffte es Albert, die Erzähl- und Fragerunde aufheben zu können.

„Eins noch," sagte Gottfried unter dem Aufstehen und nahm Raimund und Stephan an den Händen, „ich muss euch noch sagen, was ihr mir bedeutet. Ihr beide seid die Freunde meines Sohnes gewesen, ihr beide seid die einzigen, die mir von ihm und über ihn berichten können. Ich bitte euch deshalb von Herzen, erlaubt mir mit euch Kontakt zu halten. Wenn ihr mir von ihm erzählt, dann ist es als wenn ich im Nachhinein ein Stückchen seines Lebens miterlebe."

„Das ist doch selbstverständlich," meinte Stephan, „Ihr habt uns doch genauso viel gegeben mit Eurer Erzählung von Eurem Leben, jetzt, wo für uns die Frage nach dem Warum geklärt ist, ist uns ja doch auch viel leichter um's Herz. Einen Freund zu verlieren ohne den Grund zu wissen, ist schon arg bedrückend. Wenn man Grund

und Ursache weiß, dann schleppt man keine falschen Gefühle und Erinnerungen mit sich herum."

„Und was habt Ihr jetzt vor," erkundigte sich Raimund, „was wollt Ihr denn nun machen ?"

„Ich werde dem Kind meines Sohnes, meiner Enkelin, eine Heimat verschaffen. Ich bin ja, wie ich euch erzählt habe, der Erbe des Gutes Kaltafa und, falls mein Schwiegervater seine Drohung doch nicht wahr gemacht haben sollte, auch dessen Erbe. Und in dieser Reihenfolge möchte ich mich darum kümmern, zuerst Kaltafa suchen."

„Ein eigenartiger Name," sinnierte Albert, „wo genau liegt denn dieses Gut ?"

„Das ist ein erstes Problem," Gottfried lächelte verlegen, „ich weiß es nicht. Ich habe diese Großtante nie gesehen oder erlebt, und meine Urkunde über das Erbe modert irgendwo in Navarra. Ich weiß nur, dass es ein Gut im Mangfalltal ist."

Raimund war erstaunt. „Im Mangfalltal ? Dort bin ich aufgewachsen, aber von einem Gut Kaltafa hab ich noch nie etwas gehört."

Gottfried zuckte mit den Schultern. „Das wird schon zu finden sein. Es besteht keine Notwendigkeit zur Eile. Ich besitze Geld genug für jede Art einer Suche."

„Die alte Tasche," meinte Stephan, „ die Ihr nicht einen Moment aus den Fingern und schon gar nicht aus den Augen lasst."

„Na, bis jetzt hat das schäbige Ding seine Aufgabe erfüllt," Gottfried lachte, „niemand auf unserer Reise hat sich dafür interessiert. Hier drin," er klopfte zart an die Außenseite der Tasche, „hier drin ist die Grundlage für alles, was meine Enkelin braucht, um ein zufriedenes und sorgenfreies Leben führen zu können."

Er zögerte einen Moment und fuhr dann fort : „Hier drin ist das Geschenk meines Freundes Salim, die Menschen hier würden sagen, ein Schatz. Ich hoffe, ich lebe lange genug, um meine Pläne für das Kind meines Sohnes wahr werden zu lassen mit Hilfe dieses Reichtums."

„Ob Schatz oder nicht," Raimund schüttelte den Kopf, „das Kind unseres Freundes hat in uns beiden," er zeigte auf Stephan und sich selbst, „zwei Onkels, auf die es sich verlassen kann. Selbstverständlich kümmern wir uns um unsere neue Nichte."

„Und das mit Vergnügen," bekräftigte Stephan, „und was das Gut Kaltafa betrifft, da brauchen wir doch nur in der Residenz in der Registratur nachfragen, da bekommen wir nicht nur Auskunft sondern auch einen Ortsplan."

* * *

Da Gottfried seine Enkelin auf gar keinen Fall allein in Salzburg lassen wollte, hatte Albert eine kleine Kutsche besorgt.

„Schlimm genug, dass Ihr das Kind überall mit herum zieht, aber den ganzen langen Weg auf einem Pferd, in dem Alter, nein, das kommt nicht in Frage !" hatte Alberts Frau protestiert.

Und so waren sie in die Residenzstadt gereist, wenn der Weg es erlaubte, nebeneinander, um sich unterhalten zu können, ansonsten Raimund voraus und Stephan hinterher.

Ihr erster Weg führte sie in die Registratur, danach wollten Raimund und Stephan Großvater und Enkel in einem Quartier unterbringen und sich in ihrer Kaserne zurückmelden.

„Kaltafa ?" Der zuständige Beamte schaute sinnend zur Holzdecke hinauf. „Kaltafa ? Da war doch was, aber das ist ja schon Jahre her, das war in meiner Anfangszeit hier, lasst mich mal überlegen. Kaltafa ? Hm, irgendwie hab' ich da was im Kopf, aber ich komm' nicht drauf, ist zu lange her. Na mal sehen, vielleicht find' ich was, A-B-C und hier F-G und, ah ja, hier K, mal sehen, Kaltafa. Komisch, da ist ja überhaupt nichts da, kein Plan, kein Eintrag, sehr merkwürdig."

Er begann mit der Suche noch einmal von vorn und zog jede Urkunde, die mit K begann, einzeln heraus. Schließlich schüttelte er bedauernd den Kopf.

„Das tut mir jetzt leid, gar nichts, aber auch wirklich gar nichts da. Und dabei hab' ich Kaltafa schon gehört, aber wie gesagt, Jahre her, viele Jahre her. Kann euch leider nicht helfen."

„Mir wäre ja auch schon geholfen," meinte Gottfried, „wenn mir jemand sagen kann, wo im Mangfalltal Kaltafa liegt."

„Nicht die leiseste Ahnung," der Registratur-Beamte hob die Schultern, „ich kann mich an gar nichts erinnern zu dem Thema Kaltafa. Ist ja eben auch schon so lang her."

Draußen im Flur wandte sich Stephan an den enttäuschten Gottfried.

„War etwas Besonderes mit Eurer Großtante ? Es ist schon äußerst merkwürdig, wenn Urkunden oder amtliche Pläne verschwinden."

Gottfried schüttelte den Kopf. „Da haben meine Eltern nie etwas davon erwähnt und ich selbst hab' die alte Dame ja nie kennengelernt. Ich glaube, ich werde einfach kreuz und quer durch das Mangfalltal ziehen, irgendwo muss es ja sein."

Er nahm seine Enkelin an der Hand und sie marschierten langsam den Flur entlang Richtung Ausgang. Da öffnete sich rechts vor ihnen eine Tür und Max, der kommende und Sohn des jetzigen Herzogs kam aus dem Zimmer. Er stutzte einen Moment, dann kam er mit eiligem Schritt auf sie zu.

„Seid ihr auf der Suche nach mir ?" Max war zuständig für den geheimen herzoglichen Dienst und damit Stephans und Raimunds oberster Vorgesetzter. Mit beiden war er seit langem befreundet. Als er bemerkte, dass der Ältere und das Kind offensichtlich mit Stephan und Raimund zusammen waren, ging er vor der Kleinen in die Knie und sagte : „Dich habe ich ja noch nie hier gesehen, wie heißt du denn, mein schönes Fräulein ?"

„Sie versteht Euch nicht, Herr, denn sie kann unsere Sprache noch nicht," antwortete der ältere Mann für das Kind, „sie heißt Tiara."

Max musterte den Mann kurz, befand ihn für sympathisch und lächelte. „Das ist zwar ein schöner, aber wohl kein Name aus unserer Gegend. Welche Sprache spricht dann die Kleine ?"

Gottfried zögerte, sah kurz Stephan an und sagte , als dieser nickte, leise : „Sarazenisch."

Kurz blitzte in Maxens Augen Verwunderung auf.

„Und wie kommt Ihr zu einem sarazenischen Kind ?"

Wieder sah Gottfried zu Stephan.

„Ihr könnt mit ihm frei reden," versicherte dieser, „einen zuverlässigeren Freund findet Ihr nirgendwo. Das ist Max, der Sohn unseres Herzogs."

„Des Herzogs ?" Gottfried war überrascht. „Deshalb kam mir Euer Gesicht so bekannt vor."

„Ihr kennt meinen Vater ?"

„Ich kannte ihn vor, na, vor weit über zwanzig Jahren. Ich ging in seinem Auftrag nach Cordoba. Und das hier," er nahm die Kleine hoch auf den Arm und sie schmiegte sich sofort an seinen Hals, „das hier ist meine Enkelin."

„Weiß mein Vater, dass Ihr hier seid ?" erkundigte sich Max und als Gottfried verneinte, setzte er hinzu : „Und dass Ihr mit Raimund und Stephan unterwegs seid, das kann nur bedeuten, dass es um etwas Interessantes geht. Bitte kommt mit, dort drüben, unser Empfangszimmer, das ist heute leer, setzen wir uns da hinein. Und du, kleines Fräulein," er beugte sich kurz zu dem Mädchen, um gleich darauf wieder Gottfried anzusehen, „nein, sie versteht mich ja nicht, bitte fragt sie, ob sie etwas zu trinken haben möchte."

Ein drittes Mal erzählte Gottfried von Burgbach seine Geschichte, diesmal zwar etwas kürzer und straffer, aber der neue Zuhörer war ganz genauso fasziniert wie die anderen vor ihm.

„Kaltafa, Kaltafa," Max schüttelte den Kopf, als der Bericht zu Ende war, „davon habe ich noch nie gehört. Aber Herr Gottfried, warum sollte denn das Euer erster Weg sein ? Für Eure Enkelin wäre von der Familienlinie her doch der Besitz Eures Schwiegervaters logischer, die Heimstatt ihres Urgroßvaters. Und wer weiß, vielleicht lebt der alte Herr ja noch, könntet Ihr ihm ein schöneres Geschenk machen als ihm seine Nachkommin zu präsentieren ?"

„Und wenn er es wahr gemacht und alle Besitzungen dem Kloster übereignet hat ?""

„Das eben werdet Ihr nur erfahren, wenn ihr dort seid. Und das ist im Interesse der Kleinen allemal eine erste Reise wert, findet Ihr nicht ?"

Gottfried schwieg. Nach solch langer Zeit, dachte er, habe ich in meinem Inneren immer noch Furcht, einem möglicherweise noch lebenden Schwiegervater gegenüberzutreten, ihm erzählen zu müssen, wie seine Tochter gelitten hat, dass sein Enkel, den er nie zu Gesicht bekommen hat, schon tot und begraben ist, seine Vorwürfe anhören zu müssen. Und doch hat dieser junge Mann, der Herzogssohn, recht, Tiara würde wahrscheinlich alles wieder gut machen. Wie alt wird er wohl sein, wenn er noch lebt ? Siebzig ? Oder ein paar Jahre mehr ?

Seine Schuldgefühle verwandelten sich in Ungeduld. Ja, er musste so schnell es ging nach Gut Vahrn, mit Tiara, vielleicht würden sie noch rechtzeitig kommen und dem alten Mann zeigen können, dass nicht alles verloren war, dass noch Hoffnung bestand in der Person des Mädchens, dass die Familie nicht endgültig ausgelöscht war. Er durfte keine Zeit mehr verlieren, was galt im Moment sein Erbe Gut Kaltafa, nichts, gar nichts gegen die Freude, die er seinem Schwiegervater bringen könnte, und sei es am Sterbebett.

„Ihr habt vollkommen recht," Gottfried hatte sich entschlossen, „wir müssen als erstes nach Vahrn. Kaltafa ist zweitrangig und kann warten. Vielleicht," setzte er leiser hinzu, „vielleicht wird mir die Gnade zuteil, meinem Schwiegervater seine Urenkelin vorstellen zu können. Es würde so viel wieder gut machen."

Max nickte und strich dem Mädchen über den Kopf. Ihm ging ein wichtiger Gedanke durch den Kopf.

„Vahrn ?" fragte Stephan überrascht. „Dort komme ich in der Nähe vorbei, wenn ich zu uns nach Hause reite. Vahrn, Ihr meint doch das Vahrn, das kurz vor Brixen liegt ?"

„Ja, ja, ein Stück vor Brixen, Gut Vahrn, das ist die Heimat meiner Frau. Dann wisst Ihr vielleicht, ob es noch meinem Schwiegervater gehört oder ob er es dem Kloster Brixen geschenkt hat ?"

Aber Stephan hatte keine Ahnung. In der Gegend von Brixen hatte er noch nie Station gemacht, er war stets an Gut und Kloster vorbei geritten.

„Sagt mal, Herr Gottfried," meinte Max, „in all diesen Jahren in Cordoba, als Muslim unter Muslimen, als hochgestellter Beamter des Wesirs, da müsst Ihr doch einen ungeheuren Durchblick, eine unglaubliche Kenntnis erlangt haben von jeder Art Politik der Sarazenen. Könnt Ihr Euch nicht vorstellen, hier bei uns in der Residenz ein paar Diplomaten zu schulen ? Ja, ja, ich weiß," fuhr er eilig fort als er sah, dass Gottfried das Gesicht verzog, „ich weiß, Eure Reise zu Eurem Schwiegervater und Eure Suche nach Kaltafa ist Euch jetzt viel wichtiger, das verstehe ich auch vollkommen, aber danach, wenn sich alles so gefunden hat, wie Ihr es braucht, wie schaut es dann danach aus ?"

Mein Vater frisst mich, dachte er insgeheim, wenn er von diesem Mann erfährt und ich dann sagen muss, ich hab' ihn erstmal wegreisen lassen, solch eine Gelegenheit für den diplomatischen Dienst, aber das kann ich dem Armen jetzt nicht antun.

„Herr Gottfried, ich schlage vor, wir schließen einen kleinen Handel. Ich gebe Euch für Eure Suche meine zwei Freunde Raimund von Fulinpach und Stephan von Tiers mit, sie können Euch helfen und zur Seite stehen, und als Männer des Herzogs in meinem Auftrag werden sie sich so gut wie überall durchsetzen können, dafür versprecht ihr mir, nach Abschluss Eurer Suche eine Zeit lang hier in der Residenz zur Verfügung zu stehen für meine Pläne. Ihr einen Nutzen, ich einen Nutzen. In Ordnung?"

Gottfried brauchte nicht lange zu überlegen.

* * *

Bei der ersten Rast in einem kleinen Bauernhof etwas abseits des Weges, der zugehörige Gutsherr war ein ehemaliger Aktiver des herzoglichen geheimen Dienstes und so bot der Hof immer eine ungestörte Mahlzeit- und Unterkunftsmöglichkeit, mussten sie sich mehr Zeit lassen als geplant, denn die kleine Tiara war auf der Bank neben ihrem Großvater eingeschlafen.

„Ich hoffe," meinte Gottfried etwas verlegen, als sie nach dem Essen beisammen saßen und erzählten, Gottfried von seinen Plänen, und Raimund und Stephan von sich und ihrer Tätigkeit, „ich hoffe, dass ich euch nicht nerve mit meinem Anliegen. Ihr beide seid die einzige echte Verbindung zu meinem Sohn, und deshalb wünsche ich von ganzem Herzen, dass ich auch in Zukunft Kontakt halten kann mit euch. Wenn alles erledigt ist, so erledigt ist, wie ich es mir erträume, dann wäre es schön, wenn ich euch ab und zu bei mir als Gäste begrüßen dürfte."

„Das ist doch gar keine Frage," antwortete Raimund sofort, „selbstverständlich halten wir Kontakt, es bleibt nämlich dabei, wir kümmern uns auch weiterhin um Tiara. So wie es nun mal ist, sind wir ja doch die einzigen Onkels, die sie hat."

„Ja," bekräftigte auch Stephan, „und wenn mit Gut Vahrn alles klappt, dann kommen wir oft genug dort vorbei, ich sowieso, denn nach und von Tiers liegt Vahrn nicht weit weg von meinem Weg."

Über Gottfrieds Gesicht zog ein freudiger Ausdruck.

„Dann bitte ich darum, dass ihr ‚du‘ zu mir sagt und ich zu euch sagen darf, die Onkels meiner Enkelin kann ich ja schlecht stets mit ‚Ihr‘ betiteln."

Als das Mädchen wach wurde, machten sie sich wieder auf den Weg.

Der Traum von Gut Vahrn war rasch ausgeträumt. Das heimliche Hoffen auf eine Versöhnung mit dem Schwiegervater war vergeblich gewesen.

Noch bevor sie das Gut ganz erreicht hatten, hielt es Gottfried nicht länger aus : Bei den ersten Feldern fragte er einen Bauern nach dem Grundherrn. Die Antwort war niederschmetternd.

„Einen Grundherren," meinte der Bauer, „den gab es zu Zeiten, als mein Vater noch lebte. Wir sind jetzt Hörige des Klosters Brixen, das ganze Gut Vahrn gehört den Mönchen."

Er kratzte sich mit einer schmutzigen Pranke am noch schmutzigeren Hals und fuhr fort : „Ja, wie mein Vater noch jung gewesen war, da hat hier alles einem Grundherren gehört. Mein Vater hat mir mal erzählt, dass dem damals die ganze Familie weggestorben ist, und da hat er aus lauter Gram alles dem Kloster geschenkt. Und er ist selber kurz danach auch gestorben. Na ja," er kratzte sich wieder und ein dünner Blutfaden rann den Hals hinunter, was er aber nicht zu bemerken schien, „na ja, uns Bauern geht's eigentlich bei den Mönchen ganz ordentlich, die sind ganz einsichtig, wenn die Ernte mal nicht so besonders ist und verlangen dann ein bisschen weniger an Zehnt."

„Was jetzt," fragte Raimund, „umkehren und ins Mangfalltal, um nach Kaltafa zu suchen ?"

„Jetzt mal im Ernst," Stephan schüttelte den Kopf, „Gottfried, das kannst du aber der Kleinen nicht zumuten. Wer weiß, was alles passiert unterwegs, ich hab' einen guten Vorschlag für dich : Wir nehmen uns noch die Zeit und reisen bis Tiers. Auf der Burg meiner Eltern ist Tiara nicht nur sicher, sondern auch in bester Gesellschaft. Meine ältere Tochter ist genauso alt, auch andere Spielkameraden sind da. Meine Frau und meine Mutter werden sich kein bisschen weniger gut als du selbst um das Kind kümmern."

„Aber sie spricht ja nur sarazenisch." Gottfried konnte sich in Wirklichkeit nicht vorstellen, auch nur einen Tag ohne seine Enkelin sein zu müssen.

Raimund stupste ihn mit dem Finger vor die Brust.

„Du willst dich nur nicht von ihr trennen. Aber als ihr Onkel sage ich dir zwei Sachen : Zum einen darfst du sie, wenn du sie liebst, auf keinen Fall in Gefahr bringen, und zum andern, ein Kind unter anderen Kindern, was meinst du, wie schnell das lernt ! Wenn du nach ein paar Wochen wieder zu ihr kommst, dann spricht sie bereits das Notwendigste in unserer Sprache, darauf kannst du dich verlassen."

„Darüber können wir später noch einmal reden," murmelte Gottfried.

Er wollte noch nicht gleich aufgeben, sondern zum Kloster Brixen und dem Abt ein Kaufangebot unterbreiten.

„Ich habe Geld genug," meinte er, „um das Gut für Tiara zurückzukaufen."

Doch der Vorsteher des Brixener Klosters wies dieses Ansinnen fast zornig zurück. Es handle sich hier um eine gottgefällige Schenkung, um eine Tat, die Gott längst auf der Plus-Seite für den frommen Spender gutgeschrieben habe. Solches rückgängig zu machen oder in Geld zu verwandeln, das sei frevelhaft gegenüber Gott und frommen Spender. Nein, die Schenkung an sich war eine heilige Aktion gewesen, keinesfalls lösch- oder veränderbar, hier ließ der Abt nicht mit sich reden.

Als draußen vor dem Klostertor Stephan seinen Vorschlag wiederholte, von hier aus nach Tiers zu reisen und die kleine Tiara dort gut und sicher unterzubringen, stimmte Gottfried schweren Herzens zu. Bei aller Liebe, bei aller Angst, es könnte ihr ohne ihn etwas passieren, er musste sich selbst eingestehen, dass die Suche nach Kaltafa ohne Kind einfacher und vor allem wohl schneller zu bewerkstelligen war. Zudem könnte er ja auch seine Meinung noch vor Ort ändern, wenn er dort - woran er allerdings selbst nicht glaubte - wenn er dort feststellen würde, dass sich seine Enkelin nicht wohlfühlen würde.

* * *

Hätte der Herzog in seinem Land das alleinige Sagen gehabt, dann wäre die adelige Familie derer von Trautbrunn eine zwar reiche, aber ziemlich unwichtige Familie gewesen und geblieben. Die Macht der Kirche aber war überall gegenwärtig und reichte bis in die meisten politischen Entscheidungen hinein, und die Trautbrunner zeichneten sich schon immer durch Frömmigkeit und absolute Untergebenheit unter jegliches religiöse Dogma aus, ja, besaßen sogar etliche verwandtschaftliche Beziehungen zur Kirche.

Und so war es gekommen, dass vor einigen Jahren der älteste Sohn zum Bischof geweiht worden war, ein fanatischer Angehöriger des Klerus, der nun in dieser Stellung Macht genug besaß, um alle, die niederen Standes waren, nach seiner Pfeife tanzen zu lassen, zuweilen auch, um diese zu tyrannisieren. Und, um sich bei allen möglichen und unmöglichen Anlässen in die Politik einzumischen, denn wer könnte auf dieser Welt einen besseren Durchblick besitzen als die von Gott in ihre kirchlichen Ämter berufenen Männer.

Sein jüngerer Bruder war genauso fanatisch fromm, ihm fehlte es aber an Ehrgeiz, an Intelligenz, an Gerissenheit, ein Amt innerhalb der Kirche war so kaum zu erreichen. Nichtsdestotrotz setzte die Familie vor allem mit kräftiger Unterstützung des älteren Bruders durch, dass dieser Jüngere vom Herzog mit einer Aufgabe betraut wurde, nun ja, Aufgabe war fast zu großspurig ausgedrückt, also mit einem Posten versehen wurde.

Ein Berater wies den Herzog darauf hin, dass man mit dem fernen Cordoba keine direkten Beziehungen, weder in Handel noch in Politik habe, und somit der Posten eines Botschafters dort nicht viel Unheil anrichten könne, also geeignet wäre für einen Dummkopf wie den Trautbrunner, wenn es denn schon nicht anders ging. Falls er sich dort blamieren würde, könnte der Wesir von Cordoba kaum dem Herzog deswegen den Krieg erklären. Und also konnte die Trautbrunner Familie sich nach einiger Zeit stolz damit brüsten, in ihren Reihen einen der fähigsten Diplomaten des Herzogs zu haben, einen Mann, der sich sogar mit Ungläubigen, mit Heiden und unchristlichen Kinderfressern herumschlagen muss.

In der Tat zeichnete sich der Trautbrunner als Botschafter in Cordoba dadurch aus, dass er meist seine politischen Gegenüber brüskierte mit Aussagen, die weder Sachverstand noch Diplomatie als Hintergrund besaßen. Für ihn waren die Sarazenen ein heimtückisches, niemals verständliches Volk, dem er alles Schlechte zutraute und auch zuschrieb. Zudem war er als echter Christ ja meilenweit höher anzusiedeln als jeder dieser Anwärter für das schlimmste Fegefeuer.

Es war ziemlich zutreffend gewesen, wie der jüngste Bruder des Wesirs Dumme und Dummheit beschrieben hatte, aber eine wichtige Tatsache dabei hatte er übersehen. Das Übel an einem wirklich Dummen ist nämlich, dass er sich selbst niemals als solchen erkennt, im Gegenteil, diese Art Dumme halten sich ja für gescheiter als andere. Ihr schwachsinniges Gehirn dreht die Fakten stets um, wenn ein Dummer nicht versteht, wie sein Gegenüber argumentiert, dann glaubt er, der andere gäbe Dummheiten von sich. Nur wer ein gewisses Maß an Intelligenz besitzt, ist auch fähig anzuerkennen, dass ein anderer klüger sein kann. Der wirklich Dumme kann das nicht. Nur wer ein gewisses Maß an Verstand besitzt, kann auch begreifen, dass er manches eben nicht versteht. Der wirklich Dumme kann dies niemals.

Und so ist es kein Wunder, dass Dummheit Arroganz, Überheblichkeit und Intoleranz nach sich zieht. Und diese Folgerung traf auch in gesamter Fülle zu auf den Diplomaten aus der Trautbrunner Familie. Der Herzog konnte von Glück reden, dass der weit entfernte Botschafterposten von nicht allzu großer Wichtigkeit war. Dessen ungeachtet war die Liste der Peinlichkeiten und Eseleien, für die der Trautbrunner in Cordoba verantwortlich war, lang genug.

Er brüskierte hochgestellte Persönlichkeiten, indem er sie bei Empfängen und Treffen jeder Art spüren ließ, dass sie in seinen Augen nichts wert waren.

Er verzichtete auf die einzigen Dolmetscher, die ohne Beeinflussung und ohne Eigeninteresse für ihn übersetzt hätten, aus dem Grund, da sie seinen geliebten Heiland, den Sohn Gottes, ans Kreuz genagelt hatten, weil sie also Juden waren. Zwangsläufig musste er auf Dolmetscher zurückgreifen, die ihm der Wesir zur Verfügung gestellt hatte, die demzufolge in dessen Dienst standen und keinen Grund hatten, neutral zu sein. Der Wesir wusste also über alles, was im Haus des Botschafters geschah, Bescheid.

Der Trautbrunner beleidigte die Religion seines Gastlandes, indem er sich weigerte, bei muslimischen Festen als Gast eine Moschee zu betreten und indem er bewusst seinerseits Einladungen zu Festgelagen während des Fastenmonats Ramadan aussprach, die also ein Rechtgläubiger niemals annehmen konnte.

Er weigerte sich, von anderen Botschaftern Ratschläge jeglicher Art entgegenzunehmen und beharrte grundsätzlich auf einmal getroffene Entscheidungen oder Pläne, wobei man ihm zugute halten musste, dass er Fehler ja sowieso niemals erkannte.

Er warf den jüdischen Arzt, den ihm der Wesir geschickt hatte, als dieser von der Erkrankung der Frau des Botschafters erfahren hatte, auf der Stelle hinaus und ließ ihn von einem Diener mit einem Kübel stinkenden Unrat überschütten.

Wie gesagt, die Liste seiner privaten und politischen Dämlichkeiten war lang genug, teils lachten die Beamten des Wesirs über ihn und teils war man in Aufruhr, weil die Beleidigungen im Zusammenhang mit der muslimischen Religion als Hochverrat gegenüber Allah empfunden wurden.

Als man nach einiger Zeit dem Wesir berichtete, dass der Botschafter eine längere Zeit abwesend sein würde, da er mit der kranken Frau in das Heimatland reisen wolle, da war dieser nicht sonderlich unglücklich darüber.

Der Trautbrunner aber kam mit einer toten Frau in seine Heimat zurück, sie war während der Reise elend und unter großen Schmerzen verstorben. In dem spanischen Königreich, durch das er nach dem Verlassen von Cordoba hindurch musste, hatte man ihm noch zweimal einen Arzt angeboten, in denen er aber mit seiner glänzenden Menschenkenntnis sofort wiederum Juden erkannt und sie ohne Diskussion weitergejagt hatte. Nun ja, er tröstete sich in dem Wissen, dass Gottes Wege nun mal unerforschlich waren und dieser schon gewusst haben würde, warum er die Frau so früh zu sich nahm.

Er erholte sich zunächst ein paar Tage auf einem Gut seiner Eltern, stellte bei einer jungen Magd fest, dass seine Manneskraft unter dem Verlust der Ehefrau keineswegs gelitten hatte und brach dann zur Residenz auf, schließlich war ja der Herzog ohne Zweifel begierig darauf, von ihm zu erfahren, wie gründlich und qualifiziert er seinen Posten bei diesen Wilden ausgeübt hatte. Einer großzügigen Belohnung würde sich der Trautbrunner nicht verweigern.

* * *

Auf Burg Tiers herrschte große Freude über den Besuch. Das Tal, über dem die Burg aufragte, war etwas abseits von der wichtigen Nord-Süd-Strecke, nur von einer Seite her erreichbar und damit ziemlich abgeschnitten von Rummel und Information und Neuigkeiten, liebe Gäste waren also stets willkommen. Der Burgherr, der Stephan hieß wie sein Sohn, verstand sich mit Gottfried auf Anhieb. Sie waren im Alter nicht weit auseinander und fanden viele Gemeinsamkeiten, denn beide waren im Dienst des Herzogs gewesen, als dieser noch keine zehn Jahre seine Regentschaft ausgeübt hatte.
Ein weiteres Mal erzählte Gottfried seine Geschichte, diesmal aber vor sehr großer Runde, die ganze Familie lauschte gebannt, und in dieser ruhigen, gemütlichen Atmosphäre verlor er sich in viele Details und Einzelheiten, da diese Ruhe und Sicherheit sich auch auf Gottfried übertrug. Zum ersten Male seit langem vergaß er den Drang nach der Suche nach Kaltafa und fühlte sich nicht getrieben.
Und auch die kleine Tiara blühte auf. Sie wich der Tochter Stephans nicht mehr von der Seite, spielte und aß und trank nur noch, wenn diese dabei war. Nach nur drei Tagen fing sie an, auf Dinge zu zeigen, sich den Namen sagen zu lassen und plapperte dann bereits alles nach.
Gottfried war unheimlich stolz auf seine Enkelin. Dass sie sich so gut einlebte, war beruhigend und doch beunruhigend zugleich. Er würde sich keine Sorgen um sie machen müssen, wenn er sie auf seiner weiteren Suche hier zurücklassen würde, aber die Trennung von der Kleinen, wenn auch auf nur auf überschaubare Zeit, ließ ihn sich fürchten davor, sie könnte sich so eingewöhnen, dass es sehr schwer werden würde für ihn, sie von hier wieder wegzubringen.
„Ist es nicht schön," lachte der Burgherr und schlug Gottfried auf die Schulter, „dass Ihr Euch im Moment keine anderen Sorgen machen

müsst ? Raimund und Stephan, die beiden Onkels, werden Euch gewiss auch bei solchen Problemen zur Seite stehen."

Es war der Abend vor der Abreise der drei. Sie wollten noch einmal in die Residenz, um genauer nachzuforschen, ob sie Hinweise auf Gut Kaltafa erhalten könnten, falls nicht, sollte anschließend die Suche gezielt durch den gesamten Mangfallgau geführt werden.

„Wenn es nicht zu indiskret ist," Stephan von Tiers, der Vater, sah seinen Gast fragend an, „dann würde mich interessieren, was Ihr denn inzwischen tatsächlich seid, woran Ihr wirklich glaubt. Seid Ihr denn noch ein Christ oder mittlerweile ein echter Muselmann ? Schließlich habt Ihr lange genug als solcher gelebt, irgendwie muss Euch das doch in Fleisch und Blut übergegangen sein."

Gottfried schüttelte den Kopf. „Weder ist das indiskret noch muss ich da lange überlegen."

Dennoch zögerte er etwas.

„Es wäre sehr unhöflich von mir, womöglich das zu beleidigen, woran ihr glaubt."

„Immer zu," Christina, die Burgherrin und Stephans Mutter, lächelte ihm auffordernd zu, „keiner der Anwesenden kann in Punkte Glauben beleidigt werden, dieses Thema ist für uns längst abgehakt."

„So merkwürdig es in den Ohren sowohl von Christen als auch von Muslimen klingen mag, ich glaube beides. Bin ich unter Christen, bete ich zu Gott, zu Jesus, zur Heiligen Jungfrau, in Cordoba habe ich gebetet und gefühlt wie ein echter Rechtgläubiger, Allah ist der einzige Gott und Mohammed sein Prophet. Ich weiß nicht recht, wie ich ein Gefühl erklären soll, vielleicht versteht man mich, wenn ich sage, dieser eine Gott lässt sich eben verschieden wahrnehmen und ist doch im Endeffekt derselbe."

„Eine Anschauungsweise, für die die Kirche nur die Bezeichnung Ketzerei kennt," grinste Raimund, „alle Achtung für solch eine Einstellung, so erklärt habe ich Religion noch nie gesehen, alle Achtung dafür, aber Verständnis wirst du weder bei Christen noch Mohammedanern finden. Und wie stehst du zum Gott der Juden ?"

Gottfried lächelte. „Ich bin zwar lange Zeit unter Juden gewesen und habe genügend von ihrem Glauben mitbekommen, war aber nicht gezwungen mich als solcher auszugeben, denn die wussten ja, dass ich ein christlicher Ritter war. Aber konsequenterweise kann ich die Frage nur so beantworten : Auch deren Gott ist der gleiche, nur eben anders verehrt, und wenn ich noch einen Gedankenschritt weiter gehen darf, die Juden sind die Einzigen, die tatsächlich an nur einen Gott glauben, an einen Gott ohne Zusatz wie Sohn, Mutter Gottes oder Prophet. Was dann allerdings ihre Riten und Religionsvorschriften betrifft, na da können sie mit Muslimen und Christen problemlos konkurrieren."

Die Burgherrin lenkte das Gespräch in andere Bahnen, hauptsächlich zum Thema Kinder. Als es dann Zeit war, zu Bett zu gehen, da war die Besorgnis, nun auf einige Zeit von der Enkelin getrennt zu sein, bei Gottfried um einiges geringer als die beruhigende Gewissheit, das Kind wäre hier auf Tiers für die Zeit der Suche nach Kaltafa sicher und liebevoll aufgehoben.

* * *

Nach einer wesentlich rascheren Rückreise - ohne Kind war ein viel höheres Tempo zu Pferd möglich und jede Pause ohne Probleme kürzer zu halten - gaben sie ihre Pferde im Stall der Residenz ab und machten sich ohne Verzug auf den Weg zur Registratur. Viele Leute waren heute hier unterwegs, an der einen Treppe gab es fast einen richtigen Stau und im nächsten endlos langen Flur mussten sie sich öfters durch wartende Gruppen hindurchdrängeln.

Kurz vor der Registratur, Stephan und Raimund hatten gerade einen alten Bekannten gegrüßt und sich nach seiner aktuellen Aufgabe erkundigt, wurde es etwas ruhiger. Und genau in diesem Moment kam aus einem Seitengang mit eiligen Schritten ein Mann gefolgt von zwei Dienern. Er war schon im Begriff an den dreien vorbei zu gehen, als es ihn sichtlich riss und er mit offenem Mund stehen blieb.

„Prinz Sabur !" schrie er dann, dass es laut den Flur entlang hallte, „das ist Prinz Sabur ! Wache, Wache ! Alarm ! Alarm ! Ein Verräter unter uns ! Ein mohammedanischer Heide !"

Der Trautbrunner, denn er war es, fuchtelte mit den Armen herum, zeigte dann mit dem Zeigefinger auf Gottfried, wobei er vorsichtshalber drei Schritte zurücktrat, und schrie wieder in den höchsten Tönen kreischend : „Wache ! Alarm ! Der da, das ist Prinz Sabur aus Cordoba ! Ich kenne ihn ! Ein Verräter ! Ein mohammedanischer Heide ! Ein Kinderfresser ! Waaache ! Ein Anschlag auf den Herzog ! Wache, Waaaaache !"

Während Gottfried wie versteinert stehen blieb und den Mann anstarrte, der da so schrie und in dem er erst allmählich den Botschafter erkannte, reagierten Raimund und Stephan blitzschnell, wie sie es gelernt hatten für einen Einsatz als Leibwächter hochgestellter Persönlichkeiten. Nicht einschätzbare Situationen, drohende Gefahr, unsicheres Terrain und ähnliches, das bedeutete, das Schutzobjekt so schnell wie möglich vom Ort des Geschehens zu entfernen.

Einer links, einer rechts, rissen sie Gottfried herum und rannten mit ihm den Flur zurück, wobei Gottfried zunächst mehr stolperte als lief. Während hinter ihnen ein tobender Trautbrunner fast schon seine Stimme verlor, und aus der Entfernung die harten Stiefel der ersten Wachsoldaten polterten, sprangen die drei die nächste Treppe hinunter und liefen in Richtung Innenhof.

Wieder gerieten sie in die große Menge an Wartenden, drängelten sich aber rücksichtslos durch, wobei Stephan mit dem linken und Raimund mit dem rechten Ellbogen arbeitete und sie mit der jeweils anderen Hand Gottfried fest mit sich zogen. Zu ihrem Glück war hier nichts mehr vom Trautbrunner zu hören, dafür war der allgemeine Geräuschpegel zu hoch.

Sie erreichten das Tor mit den zwei riesigen Flügeln zum Innenhof, bremsten ihren Lauf ab, um nicht weiter aufzufallen - auch hier standen Wachsoldaten - und marschierten quer über den Hof. Auf der drüberen Seite war das Amt für Sonderkuriere, wie es für die Allgemeinheit hieß, tatsächlich war dies die Kommandostelle des geheimen herzoglichen Dienstes und eben nur über diese Hofseite zugänglich.

Die beiden Wachhabenden - ältere ehemalige Aktive - erkannten bereits an der Formation, einer links, einer rechts, in der Mitte der Schutzbefohlene, dass etwas Dringliches im Gange war, ließen die drei rasch eintreten und schlossen sofort das Tor wieder.

„Wer um alles in der Welt war denn das ?" Raimund zeigte mit dem Daumen über die Schulter. „Wie kann es sein, dass der Schreihals dich kennt ?"

Gottfried war noch ganz verstört. Er schluckte ein paarmal und klärte dann die beiden über den Trautbrunner auf.

„Nicht in meinen schlimmsten Träumen," meinte er, „hätte ich mir vorstellen können, diesem Trottel jemals wieder zu begegnen, und dann noch dazu hier !"

Unwillkürlich musste er lächeln. „Der Kerl ist brunzdumm. Arbeitet als Botschafter in Cordoba und kennt sich hinten und vorn nicht aus. Prinz nennt er mich, der Vollochse ! Den Titel eines Prinzen gibt es nirgendwo in der Welt der Sarazenen, also auch nicht in Cordoba."

Stephan war nicht nach lächeln zumute, er war sehr besorgt. „Er mag ein dreifacher Vollochse sein, aber ist euch klar, dass er vor allem gefährlich ist ? Das Letzte, was wir bei unserer Reise durchs Mangfalltal brauchen können, ist jemand, der hinter Gottfried *Mohammedaner* hinterherschreit. Statt in Kaltafa landest du dann auf dem Scheiterhaufen."

„Du hast völlig Recht," nickte Raimund, „wir müssen sofort zu Max und mit ihm diese blöde Geschichte besprechen."

Der Sohn des Herzogs war kurz vor ihnen gekommen und empfing die drei sofort.

„Ach du heilige Scheiße," entfuhr es ihm, „der Trautbrunner ! Ich hab' schon gehört, dass der für heute um Audienz nachgesucht hat. Und ausgerechnet diesem Idioten müsst ihr über den Weg laufen ! Verdammt, diese Familie richtet nichts als Unheil an. Und ich bin jetzt in einer Zwickmühle, das kann ich euch sagen. Ich hab' meinem Vater nichts von Euch erzählt, Herr Gottfried, das wollte ich mir aufsparen, bis ihr drei erfolgreich von eurer Suche zurück seid. Na, und jetzt ? Jetzt komm' ich nicht drum herum, noch dazu mit einer Trautbrunner-Geschichte. Gegen diesen Namen ist mein Alter sowieso allergisch."

Einen Moment herrschte Stille, Gottfried sah betreten zu Boden, dann meinte Raimund : „Max, wenn wir drei so schnell wie möglich von hier verschwinden und uns auf unsere Reise durchs Mangfalltal machen ? Der Trautbrunner kann dann schreien, was er will, niemand wird in der Residenz einen Prinz Sabur finden, und deinem Vater sagst du erst Bescheid, wenn wir Kaltafa gefunden haben."

„Und unterwegs werden wir wohl kaum nochmals jemanden begegnen, der Gottfried kennt," bestätigte Stephan.

Max überlegte nicht lange und nickte. „Ja, ich weiß auch nichts Besseres. Sich dem Trautbrunner stellen, bringt nur Ungemach, besser ist es alle Male, ihr geht ihm aus dem Weg. Organisiert euch sofort eine Kutsche und lasst euch damit ein gutes Stück wegbringen, ich will gar nicht wissen, wohin, dann kann ich auch mit gutem Gewissen sagen, ich hab' keine Ahnung wo genau ihr seid, eben nur, dass ihr in meinem Auftrag durchs Mangfalltal zieht. Also mit Kutsche, und zwei von euren Kameraden können eure Pferde dorthin bringen und die Kutsche wieder herbringen."

Er gab Gottfried die Hand. „Viel Glück bei der Suche und jetzt keine Zeit verlieren !"

So verschwanden die drei ohne Aufsehen und ohne von Außenstehenden bemerkt zu werden aus der Residenz. Eine Durchsuchung der Residenz und eine Verstärkung der Wachen erbrachte natürlich kein Ergebnis. Der Trautbrunner führte sich danach so auf, dass sein Verlangen nach einer zweiten Audienz Folge geleistet wurde und ein genervter Herzog den lieben Herrn Botschafter versuchte zu beruhigen, vielleicht habe er sich geirrt, jemand sah diesem Prinz aus Cordoba nur ähnlich, die Durchsuchung habe ja nichts ergeben und täuschen kann sich ja jeder mal, und dann konnte der Herzog die Audienz beenden, da ihn ein Berater dringend in sein Amtszimmer bat.

Doch ein Trautbrunner irrt sich nie. So etwas war völlig unmöglich. Er musste auch nicht lange überlegen, bei wem er aufmerksameres Gehör finden würde. Sein Bruder, der Bischof, erkannte auf Grund der Schilderung, welche unchristliche Gefahr dem Herzog, dem ganzen Land, der gesamten hiesigen Christenheit drohte. Er sandte nicht nur eilige Warnungen an alle seine Amtsbrüder im gleichen Rang, sondern er bat sie auch, sie sollten das Gleiche tun wie er, nämlich alle Pfarreien anzuweisen, höchste Vorsicht walten zu lassen im Umgang mit Fremden und Durchreisenden. Der Sendbote des Teufels, ein Mohammedaner im Gewand eines christlichen Ritters war nämlich unterwegs, um im Land Unheil und Schaden zu verrichten. Allein seiner Aufmerksamkeit - hier nahm es der Bischof nicht allzu genau mit der Wahrheit, aber was spielte das für eine Rolle bei den einfachen Gläubigen, ob nun er selbst oder sein Bruder, die Heldentat blieb ja in der Familie - allein seiner Aufmerksamkeit sei es zu danken, dass der eingeschlichene Heide nicht schon den Herzog gemordet habe.

Manche Nachricht ist monatelang unterwegs, manche wird unwichtig, weil sie von anderen übertönt wird und manche Nachricht erreicht den Empfänger nie aus welchen Gründen auch immer. Eine Nachricht aber, die mit dem Grauen und den Ängsten der einfachen Menschen spielt, verbreitet sich so rasch, dass niemand mehr sie aufhalten kann.

Der Dorfpfarrer predigte die Warnung von seiner Kanzel, der reisende Händler erzählte davon jedem Geschäftspartner, die Frauen am Dorfbrunnen besprachen es eifrig, der Bauer mahnte Knechte und Mägde zur Vorsicht, die Mütter warnten ihre Kinder, alle aber schmückten die Geschichte aus, das liegt in der Natur der Menschen.

Und allmählich krochen Angst und Grauen über das Land. Und ebenso allmählich begannen die Übereifrigen, die, die besonders innerhalb der Herde viel Mut besitzen, allmählich begannen diese Leute überall den Sendboten des Teufels zu sehen. Misstrauen gegenüber Fremden zog in die Dörfer und Städte ein, ein Misstrauen, aus dem Abneigung wurde gegenüber allem, was nicht gleich als bekannt und ortsansässig erkannt wurde, ein Misstrauen, das weiter wuchs in Fremdenfeindlichkeit - je mehr Erzählungen und Falschverstandenes und Gerüchte dieses Misstrauen anstachelten, desto mehr wandelte sich die Fremdenfeindlichkeit sogar in Hass gegenüber allem Fremden.

Die traurige Eigenschaft, die nicht nur in Menschen mit geringer Bildung allzu leicht wachgekitzelt werden kann, nämlich sich mitreißen zu lassen in verderblichem Mitläufertum ohne großes Nachdenken, diese Eigenschaft wird eben stets durch Dummheit und Geltungssucht auf den Plan gerufen.

* * *

Am vereinbarten Treffpunkt hatten die drei ihre Pferde wieder in Empfang genommen und dafür die Kutsche zurückgegeben. Auf Raimunds Vorschlag hin wollten sie die Suche in der Nähe des Tegernsees beginnen und dann das Mangfalltal kreuz und quer durchstreifen bis zum Markt Rosenheim, dort floss die Mangfall in den größeren Fluss Inn.

Zum Tegernsee zogen sie als erstes, denn dort war ein Ausbildungslager des geheimen herzoglichen Dienstes, und Raimund hoffte, dass sie dort vielleicht Auskunft über ein Gut Kaltafa bekommen könnten. Die Rekruten waren aus den verschiedensten Landesteilen, und die altgedienten Ausbilder mussten doch wohl auch schon die meisten Ortschaften wenigstens vom Hörensagen kennen, irgendeiner von all diesen Männern sollte also mit dem Namen des gesuchten Gutes etwas anfangen können.

Sie ernteten jedoch nur Kopfschütteln und Achselzucken. Noch nicht einmal ein Viertel aller Rekruten hatten sie befragen können, da wurden sie vor den Kommandanten zitiert.

„Eure Suche nach einem Ort in allen Ehren," sagte er und schaute dabei recht grimmig, „sie mag wichtig sein und für euch dringend, aber ihr stört den gesamten Ausbildungsbetrieb, merkt ihr das denn nicht ? Ich kann das im Moment nicht brauchen hier. Bei den Neulingen entsteht gar der Eindruck, dieses Kaltafa sei enorm wichtig. Nein," er schüttelte energisch den Kopf, „das muss aufhören. Unsere Ausbildung ist wichtiger."

„Aber wir haben einen von Max abgesegneten Auftrag," versuchte Raimund einzuwenden.

Der Kommandant schaute ihn skeptisch an. „So, von Max ? Und der weiß wohl nicht, wo die Registratur ist ?"

„Natürlich waren wir als erstes dort, aber es existieren keine Unterlagen mehr über Gut Kaltafa."

„Aha. Na wie auch immer," der Kommandant blieb bei seiner Anordnung, „hier wird jedenfalls nicht weiter befragt und gestört."

Die drei verabschiedeten sich und wandten sich zur Tür, da fiel dem Kommandanten etwas ein.

„Wenn in der Registratur nichts mehr zu finden ist," rief er ihnen nach, „dann befragt mal lieber Robert von Valley. Der ist doch selbst eine wandelnde Registratur."

„Die Idee ist nicht schlecht," meinte Stephan draußen zu Gottfried, „Robert von Valley ist der Geheimschreiber des Herzogs, der erfährt und weiß mehr als alle anderen in der Residenz."

„Und Valley liegt noch dazu auf unserem Weg," bestätigte Raimund, „und bis dorthin haben wir schon vier, fünf, sechs Dörfer und Weiler abgeklappert. Nicht weit von hier geht's los mit Dürnbach und Festenbach."

Gottfried nickte, und Stephan sagte : „Dann nichts wie los. Wir verlassen uns ganz auf dich, du bist hier aufgewachsen."

„Allerdings," gab Raimund zu bedenken, „schaffen wir es heute nicht mehr bis Valley, wenn wir es mit der Suche ernst nehmen. Und ich weiß nicht, ob es in einem dieser Winzweiler eine Übernachtungsmöglichkeit gibt."

Gottfried lachte und winkte ab.

„Was meinst du, wie oft ich auf meiner Heimreise im Freien übernachtet habe. Über so was mach' dir keine Gedanken, ich bin wohl nicht mehr so gelenkig wie ihr, aber auf Moos oder Reisig schlafe ich nicht viel schlechter als in einem Bett."

„Und noch was," Raimund war etwas verlegen, „bitte lass uns bei den Leuten reden. Du hast so einen ausländischen Akzent, eben so wie einer, der lange Jahre nicht in der Heimat war. Die Menschen hier sind nicht so offen für Fremdes, sie werden dann schnell misstrauisch und schweigsam. Du verstehst ?"

Gottfried lächelte und nickte.

„Geht völlig in Ordnung und ist mir auch recht. Ihr fragt die Leute und ich höre zu. Zuhören ist genauso wichtig wie fragen."

Es waren wirklich nur ganz kleine Weiler, an denen sie vorbeikamen, manches Mal nur aus zwei windschiefen Häuslein bestehend. Nirgends kannte man den Namen Kaltafa, einmal bekamen sie nicht einmal eine Antwort auf ihre Frage und die Bäuerin starrte sie nur an und bekreuzigte sich so lang, bis die drei wieder weiter zogen.

Sie hatten gerade knapp die Hälfte des Weges bis Valley geschafft und ritten auf einer abgelegenen Straße durch ein schmales Wäldchen, als die Nacht begann.

„Dort vorn scheint eine Lichtung zu sein," Stephan, der vorausritt, wies mit der Hand auf eine Stelle, an die von oben mehr Mondlicht durchschien, „das schaut mir nach einem guten Rastplatz aus."

Die beiden anderen stimmten zu.

Es war keine Lichtung, es war …..

„Teufel noch mal," sagte Stephan leise, „das sieht aus wie ein kleiner Friedhof. Aber so abseits von den Dörfern ?"

Gottfried sah sich kurz um.

„Das ist ein Friedhof, ja, aber ein jüdischer. Irgendwann müssen hier einmal Juden gelebt haben, und nahe an einem Dorf wird ja ein jüdischer Friedhof nicht geduldet."

Da bemerkten sie ein Stück vor ihnen eine Bewegung, dicht über dem Boden, so, als ob ein Toter sie aus seinem Grab heraus beobachtet hätte und nun, da sie zu nahe gekommen waren, wieder nach unten ins Erdreich verschwinden wollte.

Stephan und Raimund sprangen von ihren Pferden, warfen Gottfried die Zügel zu und gingen, die Hand am Dolch, links und rechts an das Grab.

Die hintere Hälfte war zum Teil freigeschaufelt, und dort kauerte eine Gestalt, die im Mondlicht zunächst unheimlich aussah.

Auf Raimunds barsche Aufforderung richtete sie sich langsam auf und man erkannte einen hageren, älteren Mann mit zwar sauberem Gesicht, aber alten schmuddeligen Kleidern, die auf einen Knecht oder Bettler oder armen Bauern hinwiesen. In der Hand hielt er einen kurzen Spaten, dem man - irgendwie so gar nicht passend zur Kleidung - durch den glatten, geraden Griff aus Hartholz und dem kerzengerade geschmiedeten Blatt Qualität ansah, eine Werthaftigkeit, die sich auch ein gut gestellter Bauer nicht unbedingt leisten konnte.

„Oh, edle Herren," eilfertig verneigte sich der Mann, „Ihr habt mir einen anständigen Schrecken eingejagt. Heutzutage muss man ja immer fürchten, dass man überfallen wird. Kann ich Euch irgendwie behilflich sein ?"

Stephan sah ihn einen Moment still an. Sein Blick wanderte über die Kleidung und das Werkzeug.

„Was machst du hier in der Nacht ? Wenn ich richtig sehe, dann ist das ein Friedhof und du steckst bis zu den Knien in einem Grab. Was also machst du da ?"

Der Angesprochene verdeckte mit der einen Hand wie unabsichtlich die jetzt im Mondlicht glänzende Schaufel, denn gerade war der letzte Rest Erde heruntergefallen.

„Verzeiht, edle Herren," antwortete er rasch und äußerst dienstbeflissen, „verzeiht, aber ich habe einen Auftrag."

Er wies auf den neben dem Grab liegenden Grabstein.

„Der Grabstein ist beim letzten Sturm umgefallen, und ich habe den Auftrag, ihn wieder aufzurichten. Ich habe mir gedacht, ich setze ihn ein bisschen in die Erde, damit er besser hält."

„Jetzt mitten in der Nacht ?"

„Oh, edle Herren, Ihr habt das vielleicht noch nicht bemerkt, aber das hier ist ein jüdischer Friedhof. Als guter Christ," er bekreuzigte sich dreimal, „als guter Christ darf ich hier ja nicht am Tage arbeiten, wenn mich da jemand sieht, dann bekomme ich vom Pfarrer eine dicke Buße, also wegen dem jüdischen Friedhof, und deswegen mache ich es im Dunkeln, da sieht es niemand."

Er verbeugte sich wiederum eilfertig.

„Außer Euch natürlich, edle Herren, Ihr habt offensichtlich Augen wie Eulen. Wenn Ihr mir es erlaubt, dass ich weiter arbeite ?"

Trotz des offensichtlichen schleimigen Getue klang die Auskunft in Raimunds und Stephans Ohren durchaus plausibel. Kein Knecht, kein Dorfbewohner würde es wagen, bei Tageslicht irgendwelche Arbeiten auszuführen an einem jüdischen, also heidnischen Friedhof, und wenn er noch so abseits gelegen wäre.

Sie saßen wieder auf und ritten weiter, recht zügig, denn es galt ja immer noch ein geeignetes Nachtlager zu finden und ein Friedhof kam dafür nicht in Frage.

Gottfried hatte eine Weile gewartet, als aber keiner von den beiden von sich aus zu reden anfing, fragte er nach.

„Was war denn jetzt auf diesem jüdischen Friedhof? Ich habe kaum etwas richtig gesehen, nur, dass ihr mit einer eigenartigen Gestalt geredet habt, gehört hab' ich nur Wortfetzen."

„Ach, eigentlich nichts weiter," winkte Raimund ab und berichtete, was sie erlebt hatten.

„Der Kerl hat euch angelogen," Gottfried schüttelte den Kopf, „keine Ahnung, warum, aber fest steht, er hat euch angelogen."

„Selbst wenn," brummte Raimund unlustig, „aber sag' selbst, würdest du einen Grabstein auf einem jüdischen Friedhof am Tag, wo dich jeder sehen kann, würdest du den da wieder aufrichten?"

„Genau das ist ja, warum ich sage, der Kerl hat gelogen. Kein Jude in der ganzen Welt erteilt einen Auftrag, einen umgefallenen Grabstein wieder aufzurichten, denn das ist nach deren Religion verboten. Ein jüdischer Grabstein muss bleiben, wie er ist, aufrecht oder aus irgendeinem Grund schief oder gefallen. Und wie ein Christ nicht auf das Kreuzeszeichen verzichtet, verstößt kein Jude gegen diese religiöse Regel."

Gottfried erschrak, denn sein Pferd war über einen dickeren Ast gestolpert. Er hielt die Zügel fest und bremste das Tier.

„Ich glaube, wir sollten uns endlich für einen Platz zum Schlafen entscheiden. Allmählich wird es zu dunkel zum Reiten."

Stephan und Raimund stimmten ihm zu. Am nächsten Moosbänkchen hielten sie an und richteten ein notdürftiges Nachtlager her.

„Was macht so ein abgerissener Kerl an einem jüdischen Grab," sinnierte Raimund, „sag, Gottfried, legen die Juden ihren Verstorbenen womöglich Schmuck oder Wertsachen mit hinein?"

„Ah ja, ich verstehe, was du meinst, Grabräuberei, aber," er bedauerte, „aber da kann ich nichts Genaues antworten. Wenn ich es richtig mitbekommen habe, erlaubt die jüdische Religion so etwas nicht, aber das sagt ja gar nichts, denn wenn man einen lieben Angehörigen verliert, dann kann schon sein, dass man unerlaubterweise ein Andenken, sicher auch mal was Wertvolles, zum Leichnam legt. Ihr habt ja meinem Sohn auch gegen den Widerstand des Priesters sein Schwert mitgegeben."

Eine Weile war Stille, dann meinte Stephan: „Und wisst ihr, was mich bei dem Kerl jetzt im Nachhinein beunruhigt? Dieser Spaten, das war ein teures Werkzeug, nichts für einen Knecht, der kann sich so was niemals leisten. Jeder Handwerker würde sich königlich über so eine Arbeit freuen, aber das Geld dafür? Das hat doch keiner, schon gar nicht ein in Lumpen gehüllter Arbeiter."

„Ein teures Werkzeug ?" fragte Gottfried. „Wahrscheinlich gestohlen."

„Vielleicht," überlegte Stephan laut, „möglich wär's. Aber ein teures gestohlenes Werkzeug verkauft doch so jemand weiter, wenn er mit gestohlener Ware arbeitet, wird es doch irgendwann jemand anderes merken. Nein, die zwei passen nicht zusammen, das beunruhigt mich."

„Sobald die Sonne aufgeht, reiten wir zurück zum Friedhof und nehmen das Grab noch einmal in Augenschein," schlug Raimund vor, „da ist hier im Wald sicher noch niemand unterwegs. Schauen wir mal, vielleicht finden wir etwas, das uns ein bisschen aufklärt."

„Dieser Kerl ist dann natürlich längst weg. Aber immerhin, ja, du hast recht, es schadet nichts, wenn wir nochmal nachschauen. Und jetzt Gute Nacht."

Am nächsten Morgen - die Sonne war kaum aufgegangen - zeigte sich, dass das, was im Halbdunkel wie ein großer Friedhof ausgesehen hatte, nicht mehr war als ein kümmerliches Eck, ein trister, von mehreren Seiten her überwucherter Platz. Es gab nicht nur einen umgefallenen Grabstein, sondern fast alle lagen hinter oder neben dem dazugehörigen Grab. Auch waren die meisten Gräber wohl schon vor längerer Zeit geöffnet worden, denn fast nirgends war das Erdreich aufgetürmt oder gerade. Wenn man nicht die frischen Grabspuren erkennen hätte können vom gestrigen Arbeiten des Unbekannten, dann hätte weder Raimund noch Stephan mit Sicherheit sagen können, um welches Grab und um welchen Stein es sich am Vorabend gehandelt hatte.

„Teufel, Teufel, schaut euch das an !" Raimund zeigte in das nicht allzu tiefe Loch.

„An dem Skelett fehlen Kopf und beide Hände," Gottfried lief ein Schauer über den Rücken, „was soll das denn ?"

„Um genau zu sein," Stephan beugte sich etwas vor, „Kopf, die beiden Hände und zwei Rippen."

„Vielleicht doch Grabräuberei ? Wir haben den Kerl gestern dabei gestört und er hat in der Eile den Schmuck mitsamt Knochen, an denen das Zeug hing, weggerissen ?"

Stephan nickte. „Das wäre eine Erklärung. Eilig hat's der Kerl auf alle Fälle gehabt, wenn er ein Grabräuber war. Komisch nur das teure Werkzeug .....“

„Was sollen wir uns noch groß Gedanken machen,“ Raimund war schon wieder auf dem Weg zu den Pferden, „der ist doch längst über alle Berge, denn im Gegensatz zu uns kennt der sich garantiert hier genauestens aus. Und wir haben anderes zu tun als einen Grab-räuber zu verfolgen. Bis Valley ist es noch ein Stück Weg, und wir müssen noch in zwei, drei Dörflein. Und ach ja, ein Kloster gibt es auch noch, die Mönche wissen eigentlich immer gut Bescheid über alle Örtlichkeiten.“

Gottfried stimmte sofort zu.

* * *

Petrus merkte schnell, dass sein Gegenüber trotz allem äußeren Anschein - er war beleibt, hatte ein geschminktes Gesicht, sehr gepflegte Hände sowie eine überbetont reich verzierte Kleidung - dass sein Gegenüber ein Mann von scharfem Verstand war, sehr gescheit und von enormen Sachverstand. Das banale Geplapper über alltägliche Dinge, das so gut zum Aussehen dieses Kardinals passte, war ebenso wie die äußere Erscheinungsform eine Art Schutzmantel, um Fremde zu täuschen und sicher auch, um bei allen möglichen Auseinandersetzungen den Vorteil zu haben, vom Gegner gewaltig unterschätzt zu werden.

Zudem war er überrascht, dass diese Kardinalsrunde nur aus ihm und diesem eigenartig wirkenden Kollegen bestand. Man hatte ihn sofort nach seiner Ernennung, die ja im Stillen, ohne jede Feier oder Zeremonie, nur durch ein Schriftstück vollzogen worden war, das er anschließend vernichten musste, nach Rom beordert, und eigentlich war er doch etwas nervös gewesen, da er natürlich erwartet hatte, vom Heiligen Vater Anweisungen für sein zukünftiges Arbeiten zu erhalten.

„Der Heilige Vater weiß nicht viel von unserem Tun,“ erklärte der Kardinal, der sich ihm als oberster Koordinator des geheimen Dienstes der Kirche vorgestellt hat, amüsiert. Er hob einen schweren goldenen Kelch, prostete Petrus zu und fuhr fort :

„Selbstverständlich weiß er von uns und erkundigt sich regelmäßig nach aktuellen Geschehnissen, nach politischen Einschätzungen und möglichen Vorhersagen. Aber ich allein entscheide, was er erfährt."

Noch einmal hob er den Weinkelch Petrus entgegen.

Mit einem Schlag verstand dieser, welch mächtigem Mann er gegenübersaß. Wer Informationen an den Papst nach seinem Belieben aussieben, unterdrücken, weglassen oder gar fälschen kann, der hat ungeahnte Möglichkeiten zu manipulieren. Und als ein Mann, der an der Spitze einer riesigen Organisation stand, wie der kirchliche geheime Dienst nun mal war, dem war vermutlich sogar mehr Macht in die Hände gelegt als dem Heiligen Vater selbst.

Der fette Kardinal nickte amüsiert, als ob er die Gedankengänge seines jungen Amtskollegen mitverfolgt hätte.

„Ja, ja, es sieht so aus, als ob Gott uns als Rückgrat dieser Kirche ausersehen hat. Und dazu sind Einfluss und Macht nun mal grundlegende Bedingungen."

Dann wurde er ernst.

„Dein Vorgänger war mein bester Freund. Wir haben zusammen studiert, haben zusammen den Weg in diese Organisation gefunden und haben, so oft wir beisammen waren, alles gemeinsam entschieden. Ich bedaure sein Ableben sehr, man trägt immer schwer daran, wenn man einen solchen Freund verliert, aber umso mehr freue ich mich, dass du sein Nachfolger bist, Petrus. Dir ist klar," eine Augenbraue wanderte nach oben wie ein Fragezeichen, „dir ist klar, warum ? Er hat dich seit langer Zeit empfohlen, du warst unter ständiger Beobachtung und bist von ihm ohne Einschränkungen für kompetent und zuverlässig befunden worden."

Jetzt wurde seiner Miene noch ernster. Er stellte den Weinkelch auf dem zierlichen Tisch vor den beiden ab und legte Petrus seine Hand auf die Schulter.

„Ich bin um einiges älter als du, wohl auch erfahrener, vielleicht gerissener, sicher auch mächtiger. Aber ich entscheide nur dann allein, wenn es nicht anders geht, zugegeben, das ist in der Praxis oft so, denn ihr da draußen könnt nicht wegen jedem Furz zu mir nach Rom kommen. Aber sei versichert, alles, was ich bewege und entscheide, bespreche ich - sobald möglich - mit dem jeweils zuständigen Kollegen, und ich bin für Kritik offen bis hin zu einer

Fehlerausbesserung. Unsere Arbeit kann nur dann funktionieren und von Bestand sein, wenn wir uns rückhaltlos vertrauen. Deswegen besagt eine unserer wichtigen Regeln, mit der ich dich hiermit vertraut mache, dass wir gleichberechtigt sind. Ich stehe als Koordinator nicht über dir, du hast denselben Rang wie ich. Älter oder jünger, das spielt keine Rolle. So war das bei deinem Vorgänger, so ist das mit uns beiden. Sprich also frei weg, wenn du dich mit mir triffst, unsere Zeit, unsere Aufgabe lässt nicht zu, dass wir voreinander Scheu oder gar Geheimnisse haben."

Nun hatte er wieder das amüsierte Blinzeln in den Augen, das ihm besser stand als dicker, luxusverwöhnter, etwas dümmlich wirkender Kardinal, besser als die ernste Miene.

„Also frag mich, immer zu, frag, was du zu gern wissen willst. Ich habe die Antwort schon parat, aber zu den Spielregeln gehört, dass du fragst."

Petrus war beeindruckt. Dieser Mann wusste mit Menschen umzugehen. Dieser Kollege im Rang hatte keinerlei Probleme, jemanden oder etwas zu manipulieren.

„Hintergehen wir mit dieser Arbeitsweise, also mit beispielsweise Aussieben von Informationen, nicht den Heiligen Vater ?"

„Die philosophische Frage, die immer wieder kommt. Sie ist natürlich berechtigt, ja, sie muss gestellt werden. Meine Antwort darauf, ich betone meine, denn du musst dir deine selbst formulieren, also meine Antwort lautet :

Der Papst ist der Stellvertreter Gottes auf Erden, aber selbst kein Gott. Er kann als Mensch unmöglich das, was ein Gott kann. Das Dogma der Unfehlbarkeit wurde errichtet als Schutzschild gegen die Kritik von egal welcher Seite, zudem erleichtert sie den Umgang mit der ungebildeteren Bevölkerung und zwar logischerweise, denn der Glaube beruht nun einmal auf dem wichtigen Wort glauben und nicht eben wissen.

Selbstverständlich ist der Heilige Vater nicht unfehlbar, wir innerhalb seiner Kirche wissen dies und dürfen es wissen. Was passiert, wenn wir ihm alle Informationen frei weg und ohne Wertung liefern ? Er wird in viel zu vielen Fällen den falschen Weg einschlagen, die falsche Partei unterstützen, zu spät reagieren oder was auch immer vorstellbar. Wie alle Mächtigen dieser Erde hat er

Ratgeber, gute und schlechte, beeinflussbare und ehrliche, verbohrte und kluge. Die sucht nämlich jeder Papst selbst aus. Je nach Information wird er dann auf diesen oder jenen hören, nicht immer zum Vorteil der Kirche. Wie alle Könige dieser Erde ist er am Machtkampf beteiligt, um zu Gunsten unserer Kirche wirken zu können, braucht er die richtigen Informationen.

Und nun, wer kann Informationen neutraler, besser, solider liefern als wir ? Unsere Organisation arbeitet in allen Ländern, in denen sich der christliche Glaube durchgesetzt hat und sogar zum Teil in Gebieten von Heiden. Bei dir und mir, bei allen Kardinalskollegen des geheimen Dienstes laufen Informationen zusammen, die kein einziger Ratgeber auf dieser Welt besitzt, und wenn er noch so viele Spitzel und Agenten besäße.

Ist es dann nicht unsere Pflicht, diese Informationen gegeneinander abzuwägen ? Sind wir nicht in der Verantwortung, nur das weiterzugeben an den Papst, was hilfreich ist für seine Überlegungen ? Ja und, das darf ich dann auch mit Stolz sagen, sind wir nicht extra dazu geschult worden und nun auch fähig, solches zu tun ?"

Petrus nickte.

„Das klingt verführerisch logisch und es ist wohl auch so in Ordnung. Aber es steckt in allem natürlich immer die Möglichkeit, zu manipulieren."

Auch der Koordinator nickte.

„Das ist vollkommen richtig. Aber uns, also alle in unserer Organisation unterscheidet eines von allen anderen, die in der Politik und auch in der Kirche das Sagen haben : Uns fehlt nämlich eine Eigenschaft, die auf dieser Welt weit verbreitet ist, und wir wurden in unserer Ausbildung genau wegen Fehlens dieses Wesenszuges ausgesucht. Wir sind alle, jeder einzelne von uns, wir sind alle nicht eitel. Wenn wir manipulieren, dann niemals wegen eines persönlichen Vorteils. Uns geht es immer um die Kirche."

Er lächelte.

„Im normalen Alltagsleben bin ich der reiche, auf Luxus versessene und ziemlich dumme Kardinal, den man auf Grund seiner offensichtlichen Eitelkeit leicht übertölpeln kann. Und genau weil ich eben nicht eitel bin, besitze ich die beste Tarnung, die ich haben könnte.

So, und nun zur Praxis. Was in Salzburg los ist, seit dieser Esel von Fürst-Bischof durch den Schlagfluss zu einer leblosen Puppenspielfigur geworden ist, das weißt du selbst ja am besten. Die meisten Berichte sind ja über dich gelaufen. Nun wird es aber allmählich prekär für uns, stell dir den Fall vor, jemand aus der hochherrschaftlichen Familie dieses Trottels kommt auf die Idee, Nachfolger werden zu wollen, lässt ihn vergiften und kauft sich das Amt.

Wenn wir Ernst machen wollen mit dem Gedanken, wo es nur geht gelernte, echte Männer der Kirche auf einen Amtssessel zu setzen, dann müssen wir schneller sein. Ich meine, es ist höchste Zeit zu handeln.

Was hältst du davon : Das Vergiften übernehmen wir, den Leibarzt lassen wir den Tod feststellen, und die Leiche muss danach blitzschnell verschwinden. Nicht auf einen Salzburger Friedhof, nicht in der Nähe, weit weg, so dass jeder Zufall ausgeschlossen wird. Nie wieder darf vom Fürst-Bischof ein Fetzen auftauchen. Solange nicht der Verbleib der Leiche öffentlich geklärt und ein öffentliches Begräbnis durchgeführt worden ist, haben wir Zeit, unseren Mann einzusetzen, und dann ist es zu spät für jeden anderen."

Petrus überlegt kurz, nickte und sagte :

„Die Durchführung ist kein Problem, auch den Leibarzt haben wir unter Kontrolle. Wie die Leiche allerdings zu verschwinden hat, das kann ich aus dem Ärmel nicht so beantworten. Was habe ich ungefähr an Zeit dafür ?"

Die Augen des Koordinators glitzerten wieder amüsiert.

„Keine strikte Vorgabe. Ideal wäre in den nächsten zwei Monaten, aber das entscheidest du allein vor Ort."

* * *

In zwei weiteren Dörfern hatten sie erfolglos nach Kaltafa gefragt. Auch einzelne Bauernhöfe, alle kleine, ärmliche Höfe, wurden nicht ausgelassen, doch hier mussten sie schon Glück haben, wenn die Menschen, die dort hausten, überhaupt Antwort gaben. Meist waren sie eingeschüchtert, weil drei offensichtlich hohe Herren etwas von ihnen wollten, was sie nicht recht verstanden, und so gab es nur entweder Kopfschütteln oder ein ‚Ja, Herr, ja, Herr'.

„Kennst du ein Gut mit dem Namen Kaltafa ?"

„Ja Herr, ja Herr."

„Und wo liegt es, kannst du mir das sagen ?"

„Ja Herr, ja Herr."

„Also wo ?"

„Ja Herr, ja Herr."

In einem Dorf gab es sogar eine Art Bürgermeister, der sie freudig empfing und behauptete, ja, natürlich, Gut Kaltafa, ja ja, das gäbe es hier in seinem Bereich. Inzwischen waren Raimund, Stephan und Gottfried schon etwas vorsichtiger geworden in Bezug auf Aussagen der hiesigen Bevölkerung, sprangen also nicht gleich euphorisch auf. Auf die Aufforderung, es ihnen zu zeigen, wies der Bürgermeister auf die viele Verantwortung und Arbeit hin, die es leider beide verhinderten, dass er sich von hier fortbegäbe. Auf die Frage nach einer Wegbeschreibung nach Kaltafa wand er sich eine Zeitlang und bedauerte schließlich, jetzt könne er sich doch nicht mehr erinnern, wo dieser Ort sei.

„Solch ein Idiot kostet uns einen Haufen Zeit," fluchte Gottfried wütend.

Schließlich landeten sie kurz vor der Abendzeit in der Nähe des Klosters. Die Straße wurde immer voller, eine Menge Menschen waren unterwegs, zu Fuß, manche auf Eseln oder gar Pferden, dann gab es Fuhrwerke, die übervoll mit Frauen und Kindern besetzt waren und immer wieder Gaukler und fahrende Händler.

„Was ist denn hier los ?" erkundigte sich Stephan bei einem jungen Mann zu Pferd, der auf Grund seiner Kleidung und seiner Haltung offenbar zum niederen Adel gehörte.

„Habt Ihr noch nichts davon gehört ?" antwortete der Jüngling und in seiner Stimme klang großer Stolz. „Unser Kloster hat eine Reliquie erworben, wie sie der Herzog nicht schöner besitzen könnte. Morgen Vormittag nach dem Gottesdienst, da wird die Reliquie geweiht, da dürfen wir alle einen Blick darauf werfen und davor beten."

„Wenn ich neugierig sein darf," Raimund mischte sich ein, „was ist besonderes an der Reliquie, wenn, wie Ihr sagt, sogar der Herzog neidisch sein könnte ?"

„Es ist der Kopf der heiligen Gertruda,“ der junge Mann schien vor Stolz zu platzen, so, als ob dieses wertvolle Stück ihm gehören würde, „der Kopf, mit dem sie nachgedacht und Wunder bewirkt hat, der Kopf, in dem der Mund war, mit dem sie zu den Menschen gesprochen hat, der Kopf, in dem die Augen waren, mit denen sie die Menschen angeschaut hat.“

Sein Tonfall wurde nun kurz verächtlich, dann drückte er wieder Stolz aus.

„Andere haben kleine, unbedeutende Reliquien, vielleicht einen Finger oder sonst irgendeinen Knochen, aber wir haben den Kopf ! Den ganzen Kopf !“

„Von der heiligen Gertruda, ach so, das ist natürlich Grund genug zur Freude,“ Raimund, der ja mit Religion gar nichts am Hut hatte, bemühte sich um eine wichtige Miene, „und wo hat das Kloster diesen Kopf her ?“

So viel Nichtwissen ließ den jungen Mann energisch den Kopf schütteln.

„Na, von einem Reliquienhändler, von wem sonst. Alle hier haben etwas beigesteuert dazu, also nicht wirklich alle, aber jeder hat so viel gegeben, wie er konnte. Ich zum Beispiel,“ jetzt wurde er vor Stolz wieder einen Kopf größer, „ich zum Beispiel hab‘ eine Truhe aus dem Erbe von meiner Mutter verkauft dafür und den Erlös im Kloster abgeliefert. Deshalb werde ich auch mit Fug und Recht morgen nicht nur beten vor dem Kopf der heiligen Gertruda, sondern mir auch etwas wünschen. Ich weiß auch schon was.“

Raimund ließ nicht nach.

„Und woher hat der Händler die Reliquie ?“

„Also Ihr stellt Fragen.“

Der Jüngling war erstaunt.

„Der hat sie natürlich aus Rom geholt. Der Heilige Vater selbst hat den Kopf gesegnet und ihm den Preis genannt, den er hier verlangen soll. Es ist alles christlich und ohne Fehler, das hat ja der Heilige Vater selbst gesagt. Und er hat auch bestimmt, dass der Kopf der Heiligen hierher, hier zu unserem Kloster gebracht werden muss.“

Offensichtlich hatte er nun genug von dem Gespräch, er griff die Zügel und trabte weiter.

„Na, da werden wir wohl noch einmal am Waldrand übernachten,"
meinte Gottfried, „bei so vielen Leuten, da wird im Kloster jedes
Gästezimmer belegt sein."

„Nicht, wenn wir die heilige Gertruda um Beistand anflehen,"
lachte Raimund, „oder zumindest ihren Kopf. Nein, im Ernst, mach
dir mal keine Sorgen, für drei Männer des Herzogs wird sicher Platz
gemacht."

„Ich fühle mich sehr geehrt, meine Herren," der Abt des Klosters,
ein dürrer, sehr großer Mann mit strengen Gesichtszügen, verneigte sich ganz leicht, „wir alle hier sind sehr geehrt dadurch, dass unser Herzog drei seiner Männer schickt zu diesem unseren überaus
wichtigen Fest. Selbstverständlich werden wir für Euch eines
unserer Gästezimmer frei räumen lassen," er wedelte mit der rechten Hand durch die Luft, als würde er damit bereits die jetzigen
Gäste aus dem bewussten Zimmer verscheuchen, „darf ich Euch
fragen : Wie hat der Herzog denn von unserem großen Stolz, vom
Kopf der heiligen Gertruda, erfahren ?"

Stephan verneigte sich in gleicher Weise und verneinte : „Wir sind
im Auftrag seines Sohnes unterwegs, um ehrlich zu sein, der Herzog
weiß nichts von Eurer Feier."

„Ach, der Herzogssohn," rief der Abt aus, „ach der hat Euch
geschickt, meine Herren. Ja, das weist auf einen gottesfürchtigen
zukünftigen Herrscher hin, der Herrgott möge ihn segnen. Ich kenne
ihn ja nicht persönlich, aber sein Auftrag an Euch, meine Herren,
beweist ja, wie wichtig ihm das Glück unserer Kirche ist. Ja, und es
ist wirklich ein großes Stück Glück für uns, eine solche wertvolle
Reliquie in unserem Kloster, in unserer Kirche zu haben. Das wird
ein Segen werden für alle Menschen im gesamten Umkreis. Man
stelle sich vor, der Kopf, mit dessen Mund die Heilige einst zu ihren
Mitmenschen sprach, der Kopf, mit dessen Augen die Heilige ….."

Er konnte nicht weiter sprechen, denn ein Klosterbruder machte
ihm von der Tür her verzweifelte Handzeichen.

„Ah, man braucht mich dringend," sagte der Abt in salbungsvollem
Ton und wandte sich zur Tür.

„Schade," raunte Raimund Stephan zu, „jetzt werden wir nie erfahren, wie dieser Satz geendet hätte."

„Das kann ich dir schon sagen," flüsterte Stephan zurück, „....der Kopf, mit dessen Ohren die Heilige allen Unsinn anhören musste, den Leute wie dieser Abt verzapfen."

Gleich darauf trat ein weiterer Klosterbruder auf sie zu, begrüßte sie achtungsvoll und bat sie, ihm zu dem Gästezimmer zu folgen.

Sie verbrachten eine ruhige und auch angenehme Nacht, denn das Kloster besaß einen eigenen Raum für höhere Herrschaften, in dem Gäste sich sogar waschen konnten.

Am Morgen aßen sie zusammen mit den Mönchen und allen weiteren Gästen das Morgenbrot, wobei sie als hochgestellte Herren aus der Residenz mit Wasser verdünnten Wein gereicht bekamen, während der Morgentrank aller übrigen Anwesenden in dem riesigen Saal aus reinem Wasser bestand. Danach wollte Gottfried noch kurz in die Kapelle schauen und Stephan und Raimund begaben sich zum Stall.

Sie sattelten gerade ihre Pferde, als Stephan plötzlich zusammenzuckte.

„Das glaub' ich jetzt nicht," meinte er und zeigte auf das kleine, blitzsaubere Fenster, das nach hinten, zur Klostermauer zeigte.

„Du bist in einem Kloster und glaubst nicht," spöttelte Raimund, „wie kannst du nur. Was ist denn los ?"

„Da, am Fenster, das kann doch wohl nicht sein. Einer der Mönche, ich hab' ihn gerade gesehen, wie er zu uns reingeschaut hat."

„Schlecht geschlafen ? Oder träumst du noch ? Hier im Kloster würd' ich mich eher wundern, wenn eine Dame aus dem leichten Gewerbe zum Fenster herein schaut, aber ein Mönch ?"

„Einer von meinen zwei Schutzengeln," stieß Stephan hervor, „wenn die beiden die ganze Zeit hinter uns herziehen, na dann ...."

„Also da sind wir ja dann selbst schuld, keiner von uns beiden hat daran gedacht, in der Kontaktstelle Bescheid zu geben, und Max, na, der hat uns ja nicht direkt einen Auftrag erteilt, also hat er dort auch nichts verlauten lassen. Meinst du, dass das, nein, kein Wort mehr davon, Gottfried kommt, wir müssen ihn nicht mit so was beunruhigen."

„Die sind hier ganz verrückt mit ihrer Heiligen," berichtete dieser lächelnd, „man könnte fast meinen, der Schädel stammt direkt aus dem Himmel. Woher wollen die eigentlich wissen, dass das wirklich der Totenkopf von dieser, na, wie heißt sie gleich, na egal, eben von dieser Heiligen ist ?"

„In der Religion geht es nicht um wissen," belehrte ihn Raimund, „da geht es um glauben. Glauben kann man alles, was einem vorgesetzt wird. Die Frage ist immer nur, ob das richtig oder vernünftig ist."

Stephan verbesserte ihn. „So, wie du es sagst, klingt es harmlos. Aber das Schlimme an Religion ist, dass den Leuten ja vorgeschrieben wird, was sie zu glauben haben. Und jetzt wird's Zeit, dass wir weiterkommen. Gottfried, hier, nimm die Zügel, dein Pferd ist schon ziemlich unruhig, es muss an die frische Luft."

Als sie ein Stück weg waren vom Kloster, lachte Gottfried kurz auf, schüttelte amüsiert den Kopf und sagte :

„Wisst ihr, was ich vorhin gesehen habe ? Das hat mich an das Lieblingstier des Wesirs von Cordoba erinnert, das war ein Affe, ein Tier aus einem Land auf der anderen Seite des Meeres, der ist im Saal zur Freude aller andauernd bis zur Decke hinaufgeklettert, hat sich an Seilen herum geschwungen und ist über alle Einrichtungsgegenstände gesprungen. Ich bin nämlich vorhin von der Kapelle aus an der Klostermauer entlang zum Stall gegangen, und stellt euch vor, da hing einer der Mönche vor einem Stallfenster, schaute hinein , ist dann, als er mich kommen hörte, wie solch ein Affe nach oben gesprungen und hat sich an den Balken hochgezogen und war, bevor ich recht wusste was los war, über das Dach verschwunden."

Er lachte noch einmal auf.

„Was bringt einen Mönch dazu, sich so zu erschrecken, dass er wie ein Affe übers Dach klettert statt einfach fortzugehen ? Weil ich gekommen bin ? Meint ihr, der hat was angestellt gehabt ?"

Stephan und Raimund wechselten einen Blick, dann erklärte Stephan :

„Der hat sich weder erschreckt noch hat er was angestellt. Das war kein Mönch aus diesem Kloster. Um es kurz zu machen, die Kirche hat von meinem Vater eine wichtige Information erhalten und dafür wurde uns Schutz zugesichert. Dieser Mönch, ich hab' ihn übrigens auch kurz am Fenster gesehen, dieser Mönch ist also zu unserem Schutz unterwegs."

„Das muss es sich ja um etwas ungeheuer Wertvolles gehandelt haben," setzte Gottfried an zu fragen, doch Raimund fiel ihm ins Wort.

„Da werden wir sicher später einmal Zeit dafür haben, jetzt wird nicht palavert. Wenn wir es heute wieder nicht bis Valley schaffen, dann werden wir wohl ein halbes Jahr lang im Mangfalltal unterwegs sein. Also vorwärts."

Im nächsten Dorf, das zwar aus nur fünf Häusern bestand aber eine kleine hölzerne Kirche besaß, war wieder nichts zu erfahren. Es war keineswegs so, dass die Menschen, die dort lebten, keine Auskunft über Kaltafa geben konnten, man gab vielmehr den dreien nicht einmal Gelegenheit zu fragen. Kaum waren sie kurz vor den Häusern, konnte man sehen und hören, wie Fenster und Türen zuschlugen und verriegelt wurden. Keine Frau, kein Mann, kein Kind war mehr zu sehen, die einzigen waren zwei Männer auf dem Feld vor dem Dorf, die aber alles Werkzeug fallen ließen und in den nahen Wald rannten, als ob der Leibhaftige hinter ihnen her wäre.

Verblüfft ritten sie zur Kirche und stiegen von den Pferden ab. Auf Raimunds heftiges Klopfen an der ebenfalls verschlossenen Kirchentür war zunächst nichts zu hören von drinnen, dann rief eine zittrige Stimme von drinnen :

„Wage es nicht, hier einzudringen, fremder Teufel, ich bin der Pfarrer, und ich bin mit Kruzifix und der Heiligen Bibel bewaffnet ! Weiche von hier, verschwinde ! Lass uns in Ruhe !"

Die drei sahen sich an und Raimund tippte sich an die Stirn. Dann rief er :

„Wir sind keine Teufel, Herr Pfarrer, wir sind Männer des Herzogs. Könnt ihr uns nicht helfen, wir suchen nach einem Ort namens Kaltafa."

„Teufel in ritterlicher Verkleidung," war die wiederum zittrige Antwort, „ich weiß von euch. Verschwindet und lasst uns bitte in Ruhe ! Sucht euch doch andere Opfer !"

Nach einem weiteren Versuch ritten sie weiter.

„Die sind hier scheinbar alle nicht ganz richtig im Oberstübchen," wunderte sich Gottfried.

Bereits um die Mittagszeit waren sie in Valley, denn auch in den anderen Weilern und Einzelgehöften waren entweder die Türen verschlossen geblieben oder sie hatten nur verneinendes Kopfschütteln geerntet.

Der Geheimschreiber des Herzogs, Robert von Valley, war zu ihrer Freude auf seinem Gut anzutreffen, konnte ihnen aber nicht weiterhelfen.

„Ich kann euch über alles Auskunft geben, mit dem ich in meiner Dienstzeit zu tun gehabt habe, denn ich habe wie mein seliger Vater ein solch genaues Gedächtnis, dass ich mir fast nichts aufnotieren muss," er lächelte, „und das ist für einen herzoglichen Geheimschreiber ja ein unbezahlbarer Vorteil. Also wenn ich je etwas von einem Gut Kaltafa gehört hätte, dann könnte ich euch auf Anhieb sagen, wo es liegt und welche Familie darauf sitzt. Aber," er schaute bedauernd, „aber mir ist der Name völlig unbekannt. Na ja, und wenn es was aus der Zeit vor über zwanzig Jahren ist, dann hat es ganz sicher mein Vater in seinem Kopf gehabt. Leider ist er ja damals so rasch erkrankt und so bald gestorben, dass er mir kaum - außer den allerwichtigsten Dingen - etwas mitteilen und übergeben konnte von den vielen, vielen Informationen, die er besaß."

Er sah Gottfrieds enttäuschte Miene.

„Es tut mir wirklich leid für Euch, Herr Gottfried," fuhr er fort, „ich würde Euch gerne helfen. Aber im Gegenteil muss ich sogar noch dazufügen, irgendetwas kann da nicht stimmen an diesem Gut oder es muss so winzig und so unbedeutend sein, denn sonst hätte ich schon irgendwann einmal diesen Namen Kaltafa gehört. Wenn Ihr nur diese Erburkunde noch in Händen hättet, ja dann, aber so bleibt Euch tatsächlich nur ein Streifzug durch das Mangfalltal. Wobei ich sicher bin, dass es ein solches Gut von hier bis zum Hofgericht Aibling nicht gibt. Und von da bis zur Einmündung in den Inn ist es ja nicht mehr allzu weit."

Robert von Valley bot den dreien an, sie könnten gern hier übernachten, aber Gottfried schüttelte den Kopf.

„Ich werde ab jetzt jeden Moment ausnutzen zur Suche, vom Aufgang der Sonne bis in die Nacht hinein. Wo ich auch lande, werde ich schlafen, auf einer Wiese oder im Wald. Es muss Kaltafa geben, es muss, und ich werde es finden."

Er drehte sich zu Stephan und Raimund.

„Wenn euch das zu mühsam wird, dann verstehe ich das vollkommen. Ich …"

„Zum letzten Mal," fuhr ihm Raimund dazwischen, „hör mit solchem Gerede auf. Selbstverständlich bleiben wir dabei."

* * *

Als der Vorgänger von Petrus so schwer verletzt worden war, dass er sein Amt nie wieder aktiv ausüben konnte und letztendlich ja deswegen sein Leben eingebüßt hatte, da wurde angeordnet, dass in Zukunft keine Reisen mehr mit nur zwei Begleitern durchgeführt werden. Zwei - das hatte sich als viel zu wenig erwiesen, zumal der eine Begleiter damals spurlos verschwunden und nie wieder aufgetaucht war. In solch einer Notsituation für einen so wichtigen Kardinal nur ein einziger Helfer, nein, das sollte nie wieder passieren dürfen.

Und so hatte Petrus sechs junge Mönche als Eskorte dabei, lauter ausgesuchte, gut geschulte Aktive des geheimen Dienstes der Kirche. Auf dem Heimweg von Rom hatte er vor, auf dem Weg liegende Klöster anzusteuern, in denen gleichzeitig Stationen des Dienstes waren. Klöster waren stets die idealen Übernachtungsmöglichkeiten, immer gastlich und sicher, und zudem konnte er sich den Mönchen vorstellen, die seiner Organisation angehörten. Ein großer weiterer Pluspunkt war, dass man hier auch zu jeder Tages- und Nachtzeit die Reittiere tauschen konnte, wenn sie denn ermattet waren oder wenn einmal eines der Pferde lahmte.

Es war eine einsame Gegend, durch die sie heute Vormittag ritten. Das Kloster, in dem sie die Nacht verbracht hatten, war noch drunten im Tal gewesen, inmitten von kräftig grünen Wiesen mit zahlreichen Obstbäumen, einzelne Bauernhöfe in Sichtweite. Nun ging es langsam nach oben, in gemächlicher Steigung, nur alle Stunde mal ein Haus, fast ausnahmslos erbärmlich und windschief. Bei allen führte der Weg recht nahe vorbei.

Bereits von weitem sahen sie vor einem Bauernhaus, das sich dicht an eine Felswand duckte, drei Pferde, was ziemlich ungewöhnlich war, denn kein Bauer hier konnte sich auch nur ein einziges leisten. Es galt schon als besonderer Glücksfall, wenn man einen mageren

Ochsen als Zugtier besaß, die allermeisten Bauern bestellten ihre kargen Felder mit der Hand.

Als sie auf der Höhe des Hauses angelangt waren, sahen Petrus und seine Leute zweierlei. Zum einen hatten die Pferde wertvolle Sättel aufliegen, an deren Knäufe jeweils ein Gürtel mit Scheide und Schwert hing, zum andern waren drei junge Männer dahinter beschäftigt, auf eine am Boden verkrümmt liegende Gestalt einzuprügeln.

Kurz fuhren die drei auf, als sie Petrus Stimme hörten, dann schlugen zwei von ihnen weiter zu, der dritte trat einen Schritt vor, musterte die Mönche und meinte dann mit arg herablassendem Ton :

„Was wollt ihr, Brüder ? Reitet weiter, hier gibt es nichts für euch zu sehen."

Petrus Stimme wurde eisig.

„Ich sagte aufhören. Und zwar auf der Stelle."

Der junge Mann spuckte neben sich auf den Boden.

„Kein Mensch befiehlt dem Sohn von Herrn Odward irgend etwas. Schon gar nicht Fremde. Mein Vater ist hier der Grundherr, habt ihr verstanden ?"

Petrus gab zweien seiner Männer einen Wink, die sprangen von ihren Pferden und rissen die beiden Prügelnden beiseite. Petrus selbst stieg langsam ab, stellte sich vor den am Boden Liegenden und sah dem jungen Mann in die Augen.

„Dann kann ja Euer hochgestellter Vater stolz auf Euch sein. Drei gegen einen, das erfordert sicher jede Menge Mut."

„Ich hab' schon einmal gesagt, mischt euch nicht ein, Braunkittel," zischte der junge Mann wütend, „das hier geht euch einen Dreck an. Verschwindet !"

Er drehte sich um, ging zu seinem Pferd und zog sein Schwert aus der Scheide. Einen Atemzug später stellten sich zwei der Mönche vor Petrus, so dass er einen Moment lang nicht einmal mehr etwas sah von dem jungen Mann, und zwei andere hatten blitzschnell das Nächstmögliche, was als Waffe zu gebrauchen war, ergriffen, der eine einen längeren Birkenstock und der andere einen Rechen mit einzelnen hölzernen Zähnen.

„Soll ich ihm eine Lektion erteilen ?" fragte der mit dem Birkenstock.

„Ja," brummte Petrus, „wir müssen ja weiter. Also mach's bitte kurz."

„Ha," lachte der junge Mann auf, „kampfbereite Betschwestern ! Und so schwer bewaffnet ! Ihr wisst schon, dass das hier ein Schwert …."

Weiter kam er nicht. Ein wirbelnder Birkenstock krachte mit solcher Wucht auf seine Beine, dass es ihn umriss. Noch bevor er den Boden ganz berührte, drosch ihm ein zweiter Schlag das Schwert aus der Hand.

„Ihr müsst noch viel lernen, edler Herr," meinte der Mönch, der den jungen Mann umgehauen hatte und hob das Schwert auf, „was, wenn Ihr mit jemanden in Streit geraten wäret, der auch ein Schwert gehabt hätte ? Wäret Ihr dann noch am Leben ?"

Als Antwort kam zunächst ein Stöhnen.

„Meine Beine, ah, tut das weh, meine Beine sind beide gebrochen."

Der Mönch hielt den Birkenstock hoch und lächelte.

„Mit dem Ding kann man keine Knochen brechen. Ein paar blaue Flecke, die habt Ihr wohl, und die werden Euch noch eine Zeit lang daran erinnern, dass Ihr noch lernen müsst, aber gebrochene Beine, nein, steht nur auf, Ihr könnt schon noch laufen."

Mit einem Blick auf das Prügelopfer setzte er hinzu :

„Im Gegensatz zu dem da, der wird wohl so schnell nicht wieder hochkommen. Da seid Ihr ja noch prächtig davongekommen."

Mühsam stand der junge Mann auf, wobei er immer wieder zusammenzuckte und ah oder oh ausstieß.

„Ihr Drecksgesindel, ihr Kuttenfurzer, das werdet ihr bereuen ! Räudige Schar von Mistkäfern ! Mein Vater wird euch aufhängen lassen !"

Er humpelte zu seinem Pferd.

„Das fehlt uns noch, dass eine Meute Waffenknechte hinter uns her ist," sagte Petrus, „deshalb schicken wir sie ohne ihre Pferde heim. Ich glaube, ein Fußmarsch wird den dreien sowieso gut tun. Zum einen können sie dabei nachdenken, was sie falsch gemacht haben, und zum andern sind wir, bis sie zuhause ankommen, ein paar Täler weiter. Nehmt ihnen alle Waffen ab und bindet die Pferde zusammen. Du, Antonius," er wandte sich an einen der beiden, die zum Schutz vor ihm gestanden waren, „du nimmst sie an einer Leine. Am nächsten Pass lassen wir sie frei und jagen sie in die Richtung hierher."

Als die drei Schläger unter weiterem Schimpfen und Fluchen sich langsam davon machten - die beiden Unversehrten stützten den hinkenden Freund nicht nur körperlich, sondern auch mit kräftigen Worten - da kümmerten sich Petrus und seine Leute um den immer noch am Boden Liegenden.

Aus einem Bächlein, das hinter dem Haus dahinplätscherte, holte einer der Mönche mit einem alten Topf Wasser und sie wuschen ihm das Blut aus dem Gesicht, richteten ihn auf und putzten seine Kleidung notdürftig, mehr reiben und putzen hätte sie auch nicht vertragen, dem Zustand nach hatte sie bereits mehreren Generationen gedient.

Nach dem Waschen erkannte man, dass es sich hier ebenfalls um einen recht jungen Mann handelte. Vielleicht war er Prügel gewohnt oder von der Natur mit guter Konstitution bedacht, jedenfalls war er ziemlich rasch wieder in der Lage, auf eigenen Füßen zu stehen.

Als er sah, dass es Mönche waren, die ihm geholfen hatten, blühte sein Gesicht freudig auf, und das erste, was er sprach, war :

„Ich hab' ihnen nicht verraten, wo sie ist."

Unverkennbar schwang dabei Stolz in seiner Stimme.

„Wo wer ist ?"

Ein verwunderter Blick traf Petrus.

„Na, Ilsemund, meine Schwester. Die neue Mutter Gottes. Die hätten mich zu Tode schlagen können, ich hätte nichts verraten."

Jetzt war die Reihe an Petrus, zu staunen. Er überlegte, ob er richtig gehört hätte, und fragte dann nach.

„Was heißt, die neue Mutter Gottes ?"

Das Gesicht des Jünglings drückte nun Misstrauen aus.

„Was fragt Ihr ? Ich denke, Ihr seid Mönche ? Da müsst ihr doch von der neuen Mutter Gottes gehört haben."

„Selbstverständlich sind wir Mönche, das siehst du doch an unserer Kleidung. Und auch an der Tonsur," Petrus neigte seinen Kopf etwas, „und außerdem, hätten wir dir sonst geholfen ? Aber weißt du, du kennst uns nicht, weil wir nämlich nur auf der Durchreise sind. Nein, und deswegen haben wir auch noch nichts davon gehört. Unser Kloster ist weit, weit weg von hier."

„Ja, Ihr seid nicht von hier, ich hab' Euch ja noch nie gesehen. Dann kann es ja schon sein, dass ihr noch nichts davon wisst."

Das Misstrauen verschwand und in das Gesicht zog wieder eine Mischung von Ehrfurcht und Stolz ein.

„Ja, also, meine Schwester, die Ilsemund, die hätte ja eigentlich den Heiko, den jüngsten Sohn von unseren Nachbarn, heiraten sollen, die war ihm schon versprochen. Aber jetzt," nun strahlte er über das ganze Gesicht, „aber jetzt wird sie die neue Mutter Gottes."

Petrus wartete auf weitere, auf nähere Erklärungen, aber der junge Mann hatte nur beide Arme seitlich ausgestreckt wie ein Pfarrer bei der Messe und sah glücklich lächelnd zum Himmel.

„Aber warum wird deine Schwester die neue Mutter Gottes ? Wir haben doch schon eine, Maria."

„Ja, ja, aber seit Marias Sohn da war, haben sich die Menschen doch nicht geändert. Sie sind doch nicht besser geworden. Und da hat Gott jetzt entschieden, dass wir heutzutage einen neuen Jesus bekommen werden. Und der wird uns wirklich erlösen und auf den rechten Weg führen. Und meine Schwester," er schien vor Stolz zu erbeben, „die wird ihn gebären. Darum wird sie die neue Mutter Gottes sein."

Petrus sah seine Begleiter mit hochgezogenen Brauen an und schüttelte dann den Kopf.

„Und woher wisst ihr das, dass Gott das so entschieden hat ?"

„Na, von unserem Pfarrer halt. Bei dem ist," er hielt inne und sah sich um, ob nicht doch jemand in der Nähe wäre und fuhr dann mit ganz leiser Stimme fort, „bei dem ist sie doch seit einer Woche. Und jede Nacht empfängt sie den Heiligen Geist. Wenn sie schwanger wird, dann kommt unser aller neuer Jesus. Und meine Schwester ist dann die neue Mutter Gottes."

Für einen Moment war Petrus sprachlos. Er sah, dass seine Begleiter sich bemühten, ihr Grinsen etwas zu verbergen und schüttelte wieder den Kopf.

„Und die drei von vorhin, was wollten die ? Wissen die davon ?"

Der Jüngling sah ihn vorwurfsvoll an.

„Unser Pfarrer hat uns doch verboten, mit anderen darüber zu reden. Nur die Herren in der Kirche wissen von diesem Plan Gottes, das hat er uns ausdrücklich gesagt, drum hab' ich doch auch gedacht, ihr auch. Nein, die drei wissen da nichts davon, die sind nur immer hinter meiner Schwester her, weil Ilsemund ist die Schönste hier in der ganzen Gegend. Aber die hätten mich totschlagen können, die neue Mutter Gottes verrate ich nie."

Petrus sah ihn nachdenklich an.

„Wenn sie dich totprügeln, dann … Ach, was soll's. In welcher Richtung geht es denn zu eurer Kirche ?"

„Ihr wollt der neuen Mutter Gottes huldigen ? Das wird unseren Pfarrer hoch erfreuen, dann wird endlich gewürdigt, welch bedeutender Mann er ist."

Er legte den Zeigefinger auf den Mund und sah sich um.

„Der Pfarrer hat uns ja streng verboten, jemandem etwas zu erzählen. Aber ihr Mönche, ihr seid ja wie Pfarrer, ihr gehört ja ganz genauso dazu. Und da wird er sich doch riesig freuen, wenn solche Leute wie Ihr kommen und der neuen Mutter Gottes die Ehre erweisen, nicht wahr, da wird er sich doch freuen."

„Davon gehe ich aus," Petrus nickte und bemühte sich, ein ernstes Gesicht zu machen, „davon gehe ich aus, mein Lieber, dass unser Besuch für euren Pfarrer bedeutsam sein wird."

Der junge Mann richtete sich stolz auf.

„Dann bringe ich Euch hin. Dort vorn," er zeigte auf einen Hügel im Westen, „dort vorn gibt es einen schmalen Weg, den kein Fremder kennt, aber da braucht man nur die halbe Zeit bis zur Kirche."

* * *

Wieder waren sie durch ein Dorf gekommen, in dem sich alle Bewohner, egal ob jung oder alt, augenblicklich in den Häusern verschanzten bei ihrem Eintreffen. Niemand schien gewillt zu sein, auch nur ein Wort mit ihnen zu reden, geschweige denn Auskunft zu geben auf laut gerufene Fragen.

„Ein sonderbares Volk ist das hier," meinte Gottfried zu Raimund und Stephan, „man könnte meinen, sich fürchten sich vor Fremden.

Wenn man niemanden fragen kann, wie sollen wir denn Kaltafa finden?"

Im nächsten kleinen Weiler wurde es noch schlimmer. Offensichtlich hatten die hier Lebenden mehr Mut, denn sie empfingen die drei Reiter mit einem Hagel an Steinen. Hier half allein die Köpfe einzuziehen und mit den Pferden davonzupreschen.

„Na dann bin ich ja gespannt," meinte Raimund, als sie ein Stück entfernt waren, „unsere nächste Station wäre der Brucker Müller. Und den und seine Gesellen hab' ich nicht gerade in liebevoller Erinnerung. Ich bin heut noch froh, dass mir damals alle meine Knochen heil geblieben sind."

Stephan stimmte ihm zu.

„Die werfen nicht mit Steinen, eher mit den Mühlrädern. Aber der Müller ist dort eine ziemlich zentrale Figur, ich könnte mir schon vorstellen, dass uns der Auskunft geben kann, falls Kaltafa in dieser Gegend ist. Die Frage ist allerdings, ob er Auskunft geben will."

„Was ist mit diesem Müller?" fragte Gottfried neugierig.

Stephan erzählte ihm von ihrer ersten Begegnung mit dem Müller und seinen Gesellen, bei der alle aus ihrer Gruppe um Raimunds Knochen gefürchtet hatten, als er wie ein kleiner Mehlsack an die hölzerne Wand der Mühle geworfen worden war.

„Der Müller ist ein muskelbepackter Riese, und als Gesellen nimmt er nur Burschen, die den gleichen Körperbau besitzen. Nicht umsonst nennt man sie dort die Brucker Bullen."

Doch der Empfang an der Mühle - sie stand direkt neben einer Brücke über die Mangfall - war völlig überraschend. Kein Steinwurf, keine verschlossenen Fenster oder Türen, keinerlei Unfreundlichkeit von Seiten der Müllersleute. Ganz im Gegenteil.

Schon als sie auf die Mühle zuritten, hörten sie Singen und laute Rufe, Lachen und Gekreische. Vor der Mühle waren etliche Tische und Bänke aufgestellt und neben jedem Tisch stand ein Fass. Zwischen diesem Festplatz und der Mangfall loderte ein Feuer in einer durch große Steine abgegrenzten Rundung, und darüber wurde an Spießen Fleisch gebraten.

Der Lauteste war der Müller selbst.

Als er die drei Reiter sah, erhob er sich, winkte mit seinem Krug, dass den an diesem Tisch sitzenden Männern ein Bierschauer über die Köpfe fuhr und rief in einer Lautstärke, die alles andere übertönte :

„Her mit euch, Männer, her zu mir ! Heut wird gefeiert ! Her mit euch und runter von den Pferden ! Heut kriegt jeder Essen und Trinken von mir, jeder, der mitfeiern will ! Und ihr, " der Müller schob die neben ihm Sitzenden mit dem linken Arm von der Bank runter, lachte, als er sie durcheinanderpurzeln sah und schrie noch lauter, „drei Herren ! Wo sollen sich feine Herren hinhocken ? Natürlich zu mir !"

Gottfried, Raimund und Stephan folgten der Einladung und wurden sofort von einem Mann, der am Feuer hantierte, mit Fleisch versorgt. Einer der Müllersgesellen stellte jedem, ohne dazu aufgefordert worden zu sein, einen Krug mit schäumendem Bier hin.

Sie prosteten dem Müller zu und Stephan, der gleich neben ihm saß, fragte :

„Was gibt es denn zu feiern ?"

Der Müller stellte seinen Krug ab, erhob sich wieder und rief :

„Ruhe !"

Augenblicklich war alles still. Der Müller winkte vom letzten Tisch einen Mann heran. Dieser hatte noch keine drei Schritte gemacht, da schrie der Müller :

„Mit der Kiste, du Trottel ! Mit der Kiste ! Ich hab' dir doch angeschafft, dass du sie nicht aus den Augen lassen sollst !"

Der Mann machte kehrt, nahm eine kleine hölzerne Kiste von einem mit weißer Decke und Grünzeug geschmückten Tisch und brachte sie an den Müllerstisch. Dort hob er den Deckel.

Raimund und Stephan sahen den Inhalt sofort, Gottfried musste sich erheben und vorbeugen.

„Zwei menschliche Rippen," murmelte er.

„Nicht wahr ?" Der Müller war begeistert und in seiner mehr als lauten Stimme schwang unverkennbar Stolz. „Ist das nicht schon ein Teil vom Himmel ? Ist das nicht der schönste Grund zum Feiern ?"

Er klopfte sich mit einer Pranke auf die Brust, dass es dumpf dröhnte.

„Und ich, der Müller, hab' es bezahlt !"

Alle drei sahen etwas ratlos in die Kiste und verstanden den Zusammenhang nicht.

„Das sind zwei Rippen der heiligen Emmerentia," erklärte der Mann mit der Kiste, „alle Menschen hier beten dafür, dass wir eine Kirche bekommen, aber der Bischof hat immer abgelehnt, weil hier zu wenig Leute leben und weil es hier nichts Wichtiges gibt. Also außer der Mühle natürlich," fügte er mit einem Seitenblick auf den Müller hinzu, „nix Wichtiges von der Kirche eben, und da hat der Müller die zwei Rippen der heiligen Emmerentia gekauft, und jetzt haben wir was Wichtiges."

„Jawohl," dröhnte der Müller, „und das hat einen hübschen Batzen Geld gekostet. Und das wird jetzt gefeiert."

Er hob seinen Krug und trank ihn mit einem Zug aus.

Als der Mann mit der Kiste den Deckel wieder schließen wollte, fasste ihn Raimund beim Ärmel.

„Wo habt ihr dieses kostbare Gebein denn gekauft ?"

Die Antwort, die kam, hatte er fast erwartet.

„Da reist ein Reliquienhändler herum, der bringt solche Sachen vom Heiligen Vater, und der hat alles selber geweiht. Deswegen kostet das ja auch so viel."

Raimund nickte gewichtig.

„Ja, natürlich, deswegen kostet das so viel. Da seid ihr jetzt direkt zu beneiden, ihr habt ein Glück, dass es den Müller gibt."

Inzwischen war die Lautstärke wieder so weit angeschwollen, dass man, außer man besaß ein Organ wie der Müller, dass man kaum miteinander reden konnte.

Als es nach einer Weile ein bisschen ruhiger geworden war - etliche lagen bereits unter den Tischen - da fragte Stephan den Müller nach Gut Kaltafa.

„Was sucht ihr," schrie der Müller lachend, „ ein kaltes Fa ? Und dann soll es auch noch gut sein ? Da hab' ich noch nie was davon gehört. Ihr meint vielleicht einen kalten Furz, so was !"

Er hob seinen Hintern etwas hoch und ließ einen fahren, dass man in einem Konkurrenzstreit mit der Posaune von Jericho nicht viel auf letztere hätte wetten brauchen.

„Hä ? Meint ihr das ? Das war gut, was ?" schrie er unter dem Gelächter der noch Sitzenden, riss einem vorbeigehenden Gesellen den Krug aus der Hand und trank ihn leer.

Am nächsten Morgen zogen die drei weiter. Im Gegensatz zu den anderen Gästen, wer auch immer sie gewesen waren, hatte ihnen der Müller als ‚feine Herren' ein Strohlager in einem erstaunlich sauberen Nebengebäude zurecht machen lassen, die übrigen der an der Feier Beteiligten schliefen dort, wo sie nach genügend Bier umgefallen waren, an den Tischen, in der Wiese, etliche auch bedrohlich nahe am Wasser der Mangfall, wo sie hingetorkelt waren, um sich zu erleichtern.

Dem Müller schien weder der Alkohol noch das unmäßige Geplärre etwas ausgemacht zu haben, er war bereits zeitig in der Früh wieder bei der Arbeit in der Mühle. Auf Stephans nochmalige Erkundigung nach einem Gut Kaltafa hin hatte er versichert, dass hier in der Umgebung ganz sicher keines zu finden sei. Alle Bauern oder Bewohner eines Gutes hier im Umkreis ließen ihr Getreide bei ihm malen, er kenne hier alles und jeden, ein solches Gut gäbe es hier ganz gewiss nicht.

„Wenn wir es von hier bis zum Gerichtsort Aibling nicht finden," erklärte Raimund Gottfried, „dann sehe ich schwarz. Im Bereich des Hofgerichtes Aibling bin ich aufgewachsen, dort kenne ich mich aus wie der Müller hier, und dort gibt es nirgends ein Gut Kaltafa."

„Aber irgendwo muss es doch sein, ein Gut kann doch nicht spurlos verschwinden ," antwortete Gottfried mit enttäuschter Miene.

Doch auch weiterhin erlebte er keinen Erfolg. Allmählich gingen sie dazu über, jeden, egal ob Mann, Frau oder Kind, einerlei ob alt oder jung, der ihnen einzeln über den Weg lief, zu befragen, denn in allen Dörfern und Weilern passierte das Gleiche : Niemand ließ sich ansprechen, alle Ortschaften waren wie verschlossen, manches Mal wurden sie bedroht, Steinwürfe waren das Häufigste, ihnen wurden aber auch oft genug Mistgabeln, Dreschflegel und Holzprügel entgegen gehalten . Und wenn sie Knechte auf den Feldern sahen oder Holzsammler am Waldrand oder einen Bauern, der einen Ochsen vor sich hertrieb, kam es ebenfalls oft vor, dass sich der Angesprochene so rasch es ging abwendete und flüchtete.

Gut Kaltafa schien es entweder wirklich nie gegeben zu haben oder es hatte sich tatsächlich in Luft aufgelöst. Gottfried murrte nicht laut, aber er verfluchte es, dass er nicht mehr im Besitz der Erburkunde war.

Edelbert von Trautbrunn, seit zehn Jahren Bischof, sah ehrfürchtig aber auch mit unbändigem Stolz auf seine Neuerwerbung hinunter.

„Es war Gottes Fügung und Gottes Segen," sagte er salbungsvoll zu dem schmächtigen Mann, der ihm auf einem purpurfarbenen Kissen das Kaufobjekt zur Begutachtung hinhielt, „es war allein Gottes Fügung und Wunsch, mein lieber Freund, dass ich Euch begegnet bin."

Ganz vorsichtig streichelte er mit der Linken über die beiden Reliquien und wandte sich dann an seinen jüngeren Bruder, den erfolgreichen Diplomaten.

„Seht nur, lieber Bruder, seht nur, die beiden Hände der Märtyrerin Isolde. Hier," er zeigte auf die offensichtlich mit einem scharfen Werkzeug abgeschlagenen Knochenenden, „hier hat der heidnische Henker mit einem Schwert oder vielleicht sogar mit einem Beil dieser tapferen christlichen Jungfrau die Hände abgeschlagen, damit sie nicht mehr damit zu Gott beten kann. Welch furchtbarer Frevel."

Der Bischof schüttelte sinnierend den Kopf.

„Welch furchtbarer Frevel auf der einen Seite und welch Mut und Gottesvertrauen auf der anderen. Nun sitzt sie ohne ihre Hände in den Reihen der Heiligen neben Gottvater und Jesus und der heiligen Jungfrau Maria und schaut gewiss mit Stolz auf uns herab. Und allzufolge dürfen auch wir mit berechtigtem Stolz umherschauen."

„Und doch, lieber Bruder," antwortete der politische Trautbrunner dem kirchlichen Trautbrunner, nachdem er die beiden Handgerippe fachkundig gemustert und danach anerkennend mit dem Kopf genickt hatte, „und doch, lieber Bruder, wollt Ihr dies Juwel verschenken, aus den Fingern geben, nie wieder ansehen können, anderen diese prachtvolle Verbindung zum Himmel überlassen. Warum?"

Der Bischof wies ihm mit einer kurzen Geste, sich zu gedulden.

„Merkt Ihr, mein lieber Freund," sagte er zu dem Reliquienhändler, denn der war es, der das Purpurkissen mit diesem christlichen Schatz in Händen hielt, „merkt Ihr, welchen Wert für uns diese beiden Kostbarkeiten besitzen? Es kann nur Gott gewesen sein, der Euch mir über den Weg geführt hat. Bitte seid so gut und erzählt

mir, wie genau der Heilige Vater sich über diese beiden Schätze ge-
äußert hat."

Erwartungsvoll sah er seinen Gegenüber an. Dass dieser nun etwas
zu schwitzen begann, registrierte der kirchliche Trautbrunner leicht
amüsiert, nun ja, auch ein Reliquienhändler wird eben nicht alle
Tage erleben, dass ein wahrhaftiger Bischof so leutselig mit ihm um-
ging.

„Immer zu," ermunterte er den Mann.

„Ich kann mich nicht an alles so genau erinnern, versteht Ihr,
Eminenz, ein kleiner, unbedeutender Reliquienhändler wie ich, der
ist beim Anblick des Heiligen Vaters so geblendet, dass er nicht
mehr richtig sieht, und auch gehört habe ich nicht alles, mir sausten
eigentlich die Ohren vor lauter Ehrfurcht. Aber so sinngemäß hat
der Heilige Vater, nachdem er die beiden Hände gesegnet hat, so
sinngemäß hat er gesagt, dass sie in die Hände eines würdigen
Käufers gehören, etwa ein Kardinal oder Bischof oder vielleicht noch
ein Klosterabt."

Der Bischof nickte gewichtig mit dem Kopf, sagte aber nichts. Er
dachte daran, dass er, solange er nur den Rang eines Bischofs
bekleidete, wohl kaum jemals nach Rom kommen würde, aber
genau wegen diesem Problem war er ja hier im Markt Aibling. Hier
wollte er sich mit dem Bischof einer seiner Nachbardiözesen treffen,
denn dieser erwartete die Ernennung zum Kardinal und war deswegen auf dem Weg zum Vatikan, auf der Reise nach Rom. Mit einem
solch prachtvollen und noblen Geschenk, wie es die Hände der
heiligen Isolde darstellten, würde dann der neue Kardinal sich bestimmt an ihn erinnern, wenn es galt, neue Kandidaten für wichtige
Ämter zu suchen oder vorzuschlagen.

Und dabei fiel ihm ein, dass es wohl besser wäre, außer ihm selbst
käme kein anderer Kirchenherr mit dem Reliquienhändler in Berüh-
rung. Nicht dass noch irgendjemand die Möglichkeit bekäme, eine
ebenfalls wertvolle Reliquie zu erwerben und ihn auszustechen. Die
Welt war schließlich voll von solch widerwärtigen Speichelleckern,
die sich mit ihren Geschenken einen Vorteil erhaschen wollten.

„Ihr, mein lieber Freund," sagte er also folgerichtig zu seinem
Gegenüber, „Ihr bleibt heute Abend bei mir. Ihr begleitet mich auf
Schritt und Tritt, nein," wehrte er ab, als er die Bestürzung im

Gesicht des anderen sah, „nein, keine Widerrede, Ihr bleibt bei mir und bei den Händen der heiligen Isolde. Wem sonst als Euch könnte ich diesen Schatz zur Bewachung anvertrauen, bis ich ihn an …., nein, das müsst Ihr nicht wissen. Ihr habt das Kleinod von Rom bis hier her so gut gehütet, da werdet Ihr es schon noch diesen Abend auch in Sicherheit wiegen können."

Er drehte sich zu seinem Bruder, aber nur so weit, dass der Reliquienhändler in seinem Blickfeld blieb.

„Und Ihr, lieber Bruder, Ihr begleitet uns natürlich ebenfalls. Was sollte dann heute noch schief gehen, ein Bischof, einer der wichtigsten Männer des Herzogs, ein braver, frommer Reliquienhändler, und vor allem, Gebein einer Heiligen."

✳ ✳ ✳

Es war nicht so gewesen, wie es der Bruder von der Schwester beschrieben hatte. Dieser war der Meinung gewesen, die neue Mutter Gottes empfinge den Heiligen Geist jede Nacht. Doch so war es nicht gewesen.

Als Petrus und seine Leute ohne anzuklopfen die kleine Hütte, die zwischen Kirche und Kirchhof errichtet worden war, als sie diese betraten, ohne den Bewohner vorzuwarnen, da fanden sie ihn nämlich bereits am hellichten Nachmittag dabei, den Heiligen Geist über die neue Mutter Gottes zu bringen. Der Pfarrer war sogar so eifrig dabei, dass er die Besucher erst bemerkte, als Petrus ihn an der Schulter gerüttelt hatte.

In seiner Laufbahn beim geheimen Dienst der Kirche war Petrus manch skurrilen Menschen begegnet, Gleichgesinnten, Gegnern, sogar Verrückten und Fanatikern. Oft genug hatte er im Nachhinein, nachdem ein Problem gelöst worden war, überlegt, was wohl der Grund für die betreffenden Menschen gewesen war, dass sie in solch ein Problem hineingeschlittert waren beziehungsweise warum sie dieses Problem ausgelöst hatten. Manchmal hatte er zu verstehen geglaubt und dann wieder war ihm manches unbegreiflich gewesen. Immer aber hatte er sich der Situation gestellt und entweder auf eine Lösung des Problems beharrt oder wenigstens so weit die Angelegenheit zu ordnen versucht, dass das Problem als akzeptabel behandelt angesehen werden konnte.

Hier aber verließ ihn seine selbstsichere Denkweise. Im Falle dieses Pfarrers, der die Dummheit seiner Schäfchen zu seinen sexuellen Zwecken ausnutzte ohne an die Zukunft zu denken, wusste er genau in dem Moment, als er den Nackten an der Schulter rüttelte, nicht weiter. Er hatte seinen Leuten gewinkt, war umgekehrt und ohne ein weiteres Wort von seiner Seite waren sie fortgeritten.

Kaum in Berchtesgaden angekommen, hatte er keine Zeit mehr, über das Erlebte nachzugrübeln. Etliche Probleme warteten hier auf seinen Einsatz und seine Entscheidungen.

Das größte Problem war Salzburg. Die dortigen Mitarbeiter hatten berichtet, dass immer mehr Adelige den traurigen gesundheitlichen Zustand des Fürst-Bischofs schamlos ausnutzten.

Es war keine ordnende Hand mehr da, alle machten, was sie wollten, und bei den adeligen Schmarotzern auf der Burg lief das auf eine möglichst große Bereicherung hinaus.

Nicht dass der Fürst-Bischof in seinen gesunden Jahren anders gewesen wäre, nein, aber er hatte stets darauf geachtet, dass alles in seiner Hand geblieben war. Unter seiner Regie und vor allem der des tüchtigen Haushofmeisters lief alles in geordneten Bahnen, und nun herrschte immer mehr Chaos.

Es musste also etwas geschehen. Solange aber der Fürst-Bischof dahinsiechte ohne Verstand und Würde, war der Posten nicht neu zu besetzen. Fähige, kompetente Vertreter zu ernennen hatte sich der Fürst-Bischof stets geweigert in seiner Arroganz, in seiner Selbstüberschätzung. Der einzige, der dennoch ordentlich gearbeitet hatte, war der inzwischen verstorbene Haushofmeister gewesen.

Petrus musste nicht lange überlegen. Die einzige Möglichkeit war das Dahinscheiden des Fürst-Bischofs, aber eben so, dass seine Leiche auf keinen Fall mehr gefunden werden konnte. Dann war die Kirche die einzige Organisation, die vom Ableben wusste, konnte einen Nachfolger bestellen, bevor die Adeligen sich auf einen, der viel Geld dafür zu zahlen bereit wäre, einigen könnten.

Gewissensbisse würde der Tod dieses nur dahinvegetierenden, überhaupt nicht mehr ansprechbaren Mannes bei niemandem auslösen, im Gegenteil, sein Ableben würde jedermann als Gnade empfinden.

Aber die Leiche musste dann so verschwinden, dass ein Wiederauffinden nicht nur unmöglich, sondern hundertprozentig und absolut sicher undenkbar wäre. Doch wie ließ sich so etwas bewerkstelligen? Hierzu galt es noch, sich Gedanken zu machen.

* * *

Kurz vor Aibling begann Gottfrieds Pferd zu lahmen. Eigentlich hatte Raimund an einer Furt durch die Mangfall auf die Südseite wechseln wollen, denn nun war er in seiner Heimat, in der Gegend, in der er aufgewachsen war. Hier kannte er sich aus, und hier war nirgends ein Gut Kaltafa. Bevor es wieder nach Tiers gehen sollte, so hatten sie ausgemacht, wollten sie zwei, drei Tage auf Gut Fulinpach Rast machen. Er war und blieb ein Fulinpacher, auch wenn er inzwischen Burggraf auf der Feste Kufstein war, auch wenn er mittlerweile regen Kontakt mit seinem leiblichen Vater in Tiers hatte, er war und blieb Raimund von Fulinpach. Und gegenüber vom Markt Aibling, auf der anderen Seite der Mangfall, da führte ein schnellerer Weg über das Gut Berg-Willing und Au nach Fulinpach.

Doch Gottfried hatte gebeten, trotz allem noch in Aibling herumzufragen, so quasi als Abschluss. Wenn man doch schon so nah dran sei, dann spiele der Umweg auch keine Rolle mehr. Selbstverständlich konnte Raimund, auch wenn er es besser wusste, nicht ablehnen.

Und nun lahmte Gottfrieds Pferd. Es war mit dem linken Vorderbein in ein Loch getreten, das so klein war, dass es kaum zu sehen, aber für das Gelenk des Pferdes leider gefährlich gewesen war.

An der Brücke über das Flüsschen Glonn herrschte eine solche Betriebsamkeit, dass Raimund einen der Knechte, die hier im Auftrag des Marktes Ein- und Ausgang kontrollierten, nach dem Warum fragte.

„Ah, der junge Herr von Fulinpach," antwortete der Knecht, „Ihr wart ja schon lange nicht mehr hier. Na, wir haben gleich zwei Bischöfe da," er kicherte und fuhr leiser fort, „einer ein größerer

Wichtigtuer als der andere. Alle beide haben sie die Nase so hoch oben, dass sie unsereinen gar nicht mehr wahrnehmen."

Hätte er Raimund nicht so gut gekannt, wäre seine Rede wohl nicht ganz so freizügig gewesen, zudem wussten hier viele, dass die Fulinpacher nicht in den Reihen der bigotten Frömmler zu finden waren.

Nachdem Gottfried nicht reiten konnte, waren natürlich auch Stephan und Raimund abgesessen, allerdings waren heute im Markt so viele Menschen unterwegs, dass ein Reiten sowieso unmöglich gewesen wäre. Raimund lotste sie zu einem Stall unterhalb des Hügels, auf dem das massige Haus des Hofgerichtes aufragte. Gottfried handelte nicht lange herum, er kaufte sich einen Rappen, der kräftig und munter aussah und gab sein lahmes Pferd dran. Für heute wollten sie die Pferde hier im Stall lassen, damit Gottfried Gelegenheit hätte, herumzufragen.

„Setzt euch in ein Wirtshaus," meinte Gottfried und duldete keine Widerrede, „esst und trinkt was, ich komme später und zahle die Zeche. Ein, zwei Stündchen lasst mir Zeit, wer weiß, vielleicht hab' ich doch Glück."

Raimund und Stephan folgten dieser Anordnung, saßen aber nicht in einer Stube des Wirtshauses, sondern an einem der schweren Tische davor. So konnten sie sogar während der Mahlzeit sehen, was so alles geschah.

Als eine größere Schar bewaffneter Knechte die Straße daher kamen, stupste Stephan Raimund, der sich gerade neu einschenken ließ, an.

„Jetzt schau bloß, wer da daherkommt ! Wenn der auf unserer Höhe ist, dann halt' du auch deinen Krug vor's Gesicht, dass der uns ja nicht erkennt."

Raimund sah auf und duckte sich dann.

„Ach du Sch…, der Herr Bischof. Ausgerechnet der."

Es war dies der Trautbrunner. Als dieser einmal in der Residenz geweilt hatte, wurden die beiden für seine Heimreise als Leibwächter mitgegeben und tatsächlich hatten sie einen Überfall auf den Bischof vereitelt, allerdings hatten sie erst eingreifen können, nachdem einer der Räuber bereits ein Messer an des Bischofs Kehle hielt. Das Ergebnis war, dass der hochwürdige Herr zwar gerettet aber auch ganz leicht verwundet worden war. In seinen Augen waren damals diese zwei jungen Leibwächter ohne jegliche Disziplin schuld daran gewesen und er hatte sich nicht nur beschwert über sie, sondern ihnen auch Strafe angedroht, wenn er nochmals irgendwo mit ihnen zu tun hätte.

Beide verdeckten ihre Gesichter mit den Bierkrügen, als der Bischof auf ihrer Höhe war.

„Ah," meinte Raimund danach, „der geht zum Markt. Da ist es nicht ratsam, wenn wir hinterhermarschieren, dann erfüllen wir lieber Gottfrieds Wunsch, bleiben hier und bestellen noch zwei Krüge."

Die Möglichkeit, vielleicht doch noch eine Information zu Kaltafa zu bekommen, schätzte Gottfried am ehesten beim Markt als groß ein. Dort waren sicher nicht nur Bewohner des Marktes Aibling, sondern auch Leute aus der näheren und weiteren Umgebung. Von dem Wirtshaus aus, wo er die beiden zurückgelassen hatte, waren es nur drei Minuten zu Fuß gewesen, also praktisch nur ums Eck.

Egal, wen er fragte, die Antworten waren immer gleich. Ob freundlich oder unfreundlich, ob geduldig oder ungeduldig, kein Angesprochener wusste etwas über Kaltafa.

Plötzlich kam etwas Unruhe in die Menge, irgendeine größere Gruppe schob sich mitten durch den Markt, und wie manch anderer wurde Gottfried ehe er sich's versah, angerempelt und ziemlich unsanft beiseite gedrückt.

Solche Behandlung war er seit sehr langer Zeit nicht mehr gewohnt. Unwillig und verärgert drehte er sich um, rempelte seinerseits einen mit Spieß bewaffneten Knecht an - und erstarrte.

Auch der Mann hinter diesem Knecht riss die Augen auf, als er Gottfried erblickte.

„Prinz Sabur !" kreischte der jüngere Trautbrunner, der seinen Bruder begleitet hatte, „das ist Prinz Sabur ! Greift ihn !"

Beim letzten Zusammentreffen hatten ihn Raimund und Stephan ohne großes Überlegen fortgeschleift und in Sicherheit gebracht, jetzt aber war Gottfried allein, und außerdem stand er da wie vom Donner gerührt. Alles, was er dachte, während ihn die Waffenknechte grob packten, war : Dieser Idiot ! Der hat keine Ahnung. Prinz ! So ein Idiot.

Stephan und Raimund bemerkten von ihrem Platz vor dem Wirtshaus, dass immer mehr Volk in Richtung Marktplatz strömte. Noch war ja kaum die erste Stunde um, und so schnell war ja wohl mit Gottfried nicht zu rechnen, also wollten sie an diesem Tisch sitzen bleiben..

Dann sahen sie, dass sogar die Wachen von der Glonnbrücke vorbeieilten. Raimund rief den Knecht, der ihn schon an der Brücke angesprochen hatte, zu sich her und fragte, was denn los sei.

„Auf dem Markt sollen sie einen ausländischen Prinzen verhaftet haben. Alle Leute wollen ihn sehen, er soll furchtbar ausschauen und mordsgefährlich sein, und wer weiß, was er hier in Aibling schon alles angestellt hat."

Mit dieser Aussage wandte der Knecht sich wieder ab und lief hinter seinen Kameraden her.

„Prost Mahlzeit !" Raimund hieb mit der Faust auf den Tisch. „Dir ist klar, was das bedeutet ?"

Stephan nickte.

„Das heißt, wir werden vorläufig die Zeche hier selber zahlen müssen. Und dann lass uns so schnell wie möglich nachschauen, was mit Gottfried passiert ist."

Es war nicht einfach, sich durch die inzwischen dicht stehende Menge an Leuten hindurch zu drängeln, doch die beiden kamen rechtzeitig so weit nach vorn, um alles hören zu können, was der Bischof verkündete.

Dieser stand auf einer Art Bühne, strahlte über das ganze Gesicht, hatte die Arme weit nach links und rechts ausgebreitet und rief mit lauter Stimme :

„Sehet ! Sehet her und höret ! Unser Wirken und all unser Mühen hat Gott mit dem größten Erfolg belohnt, den das Land des Herzogs jemals erlebt hat. Sehet und höret ! Ein Teufel wurde gefangen, ein mohammedanischer Prinz, ein Kinderfresser und Menschenverder-ber. All unsere Gebete wurden erhört, all unser mühseliges Trachten und Suchen wurde mit diesem himmlischen Ergebnis geehrt. Noch bevor er all seine teuflischen Pläne umsetzen konnte, noch bevor er in unserem Land, in eurem Markt, ewigen Schaden anrichten konnte, haben wir diesen Teufel gefangen. Gott sei gelobt und unser Tun sei gepriesen !"

Er hatte kaum seine Rede beendet, da schrien und johlten die Leute. Zwar hatte niemand eine Ahnung, um wen genau es ging, denn von den Männern auf der Bühne hatte keiner Teufelshörner oder einen Bocksfuß, aber was der Bischof gerufen hatte, erregte die Gemüter.

„Teufel," zischte Raimund, „da haben wir jetzt etwas vor uns. Wir müssen Gottfried rausholen, bevor sie ihn vierteilen oder ….."

Er stutzte.

„Stephan, schau mal den Mann hinter dem Bischof. Der Magere da mit dem Kissen in den Händen !"

Stephan musste seinen Nachbarn mit Gewalt einen Schritt nach rechts schieben, um richtig am Bischof vorbei sehen zu können.

„Das ist ja der Arbeiter von dem Judenfriedhof," raunte er Raimund leise zu, „was hat denn der bei dem Bischof verloren ?"

„Ja," antwortete Raimund, „das würde mich auch interessieren. Und was der jetzt für teures Gewand an hat. Da würde der wertvolle Spaten wohl besser dazu passen als zu den alten Lumpen im Friedhof."

Genau in diesem Moment drehte sich der Bischof um, zog den Mageren am Ärmel und schob ihn nach vorn, dass alle Leute ihn gut sehen konnten.

„Und warum hat Gott uns diesen Erfolg geschenkt ?" rief der Bischof noch lauter als vorher. „Wollt ihr wissen, warum ?"

Er wartete natürlich keine Antwort ab.

„Gott war erfreut, weil ich diesem Reliquienhändler das Kostbarste, das er hatte, für euch abgekauft habe. Mein Geld habe ich dafür ausgegeben, dass ihr," hier setzte er seinen Bischofskollegen gleich mit dem Volk, „dass ihr ab heute vor den Händen der heiligen Isolde beten könnt. Sehet her !"

Er nahm die zwei Hand-Skelette vom Kissen und hielt sie hoch, damit jedermann sie sehen könne.

„Die Hände der heiligen Isolde, mit denen sie zu Gott betete !"

Stephan und Raimund drängten sich aus der Menge zurück und achteten nicht mehr auf das, was der Bischof noch über die Köpfe der Leute rief.

Raimund schnalzte mit der Zunge.

„Ein Reliquienhändler. Jetzt ist mir einiges klar."

„Na ja," Stephan lächelte, „wenn man's genau nimmt, ist er ein ganz schön raffinierter Betrüger. Kein Wunder, dass er mit einem soliden und wertvollen Werkzeug arbeitet. Und," jetzt lachte er laut, „das wird eine Geschichte für Vater, der wird seine helle Freude daran haben, wenn wir davon erzählen."

„Aber zuerst müssen wir schauen, wie wir Gottfried wieder rausbringen aus dieser misslichen Lage. Ich fürchte, ganz so einfach wird's nicht werden wie damals bei den Kindern. Wenn die ihn oben im Hofgericht einsperren, dann sind nicht nur die Waffenknechte des Bischofs da, sondern da werden auch die Gerichtsknechte um einiges aufmerksamer sein als sonst."

Stephan nickte.

„Da könnten wir Unterstützung brauchen. Aber ich glaube nicht, dass wir viel Zeit haben. Wer weiß, was dieser Bischof vorhat."

„Mmmmh."

„Was mmmmh ?"

Raimund grinste über das ganze Gesicht.

„Ich wüsste schon jemanden, der uns helfen könnte. Vielleicht nicht ganz freiwillig, aber ihm wird nichts anderes übrig bleiben."

* * *

Als der Fürst-Bischof zu Salzburg noch munter, gesund und aktiv gewesen war, da war es Meister Konrad nicht erlaubt, ebenfalls aktiv und rege in seinem Beruf zu arbeiten. Der Fürst-Bischof wollte weder Ratschläge noch Behandlungen seines Leibarztes, zumindest was ihn selbst betraf. Gästen, die einen Arzt brauchten, stellte er den guten Meister Konrad schon zur Verfügung, wies ihn aber stets an, nicht lange herumzuwursteln.

Nun, wo der hohe Herr nur noch ein willenloses Bündel war, wie ein Kleinkind gefüttert werden musste und wie ein Kleinkind in Windel und Bett machte, nun hatte Meister Konrad keine Lust mehr, sich um die Wehwehchen der Adeligen zu kümmern. Für die Pflege des Fürst-Bischofs war er nun mal zuständig, aber alles darüber Hinausgehende wehrte er vehement ab. Es war auch niemand mehr auf der Burg, der ihm hätte Anweisungen erteilen können.

Damals wie heute verbrachte Meister Konrad den größten Teil seiner Zeit im Keller, in seinen Arbeitsräumen. Der Unterschied zu früher war allerdings ein beachtlicher : Hatte er damals seine Untersuchungen und Experimente an Leichen immer im Verborgenen durchführen müssen, so brauchte er heute eben nichts mehr zu fürchten. Es gab im Moment keinen einsatzfähigen Fürst-Bischof mehr und es gab keine Sekretäre mehr und es gab keinen Haushofmeister mehr, es gab niemanden mehr, der ihn kontrollieren wollte oder sollte.

Folglich war Meister Konrad glücklich. Er konnte seiner wissenschaftlichen Neugier frönen. Was gab es nicht alles Interessantes zu entdecken, wenn man die verschiedenen Leichen aufschnitt. Bei einem alten Bauern, von dem alle gedacht hatten, er wäre einfach selig entschlafen, fand der Arzt ein Herz vor, das eine geplatzte Ader aufwies. Bei einem Knecht, der elendiglich und unter großen Schmerzen sich zu früh von dieser Welt verabschiedet hatte, war der Darm an mehreren Stellen gerissen gewesen. Oh, ein Wissbegieriger konnte viel lernen, und ein verständiger Arzt wie es Meister Konrad war, der konnte sich auf diese Weise im Nachhinein manches erklären, was ihm zu Lebzeiten des Patienten manch Rätsel aufgegeben hatte.

Unangenehm wurde allerdings in letzter Zeit die Zudringlichkeit einiger Adeliger. Unverhohlen hatte man ihm Geld angeboten, wenn er dafür Sorge trage, dass der Dahinsiechende von seinem Leiden erlöst werde. Ob er denn nicht einsehe, dass er - nebenbei zu seinem Nutzen - die unerträgliche Situation auf der Burg beenden könne. Wenn der Fürst-Bischof mit seiner Hilfe das Zeitliche segnen würde, dann könnte endlich ein Neuer (meist meinten diese Adeligen wohl sich selbst) das Amt und die Regierungsgeschäfte übernehmen.

In zweierlei Weise empörte dies den Leibarzt. Zum einen war er Arzt aus Berufung, er wollte heilen, nicht töten. Zum anderen - aber dieses Argument erfuhr natürlich keine Menschenseele von ihm - zum andern wäre ja dann die sorglose Zeit für wissenschaftliches Arbeiten vorbei und vorüber, denn das Aufschneiden von Leichen war ja kirchlicherseits streng verboten.

Ab und zu, denn der Fürst-Bischof war ja nun mal ein wichtiger Mann innerhalb der Kirche, ab und zu wurde aus dem Kloster Berchtesgaden ein Mönch, der die höheren Weihen besaß, geschickt, um zum einen bei jedem Besuch dem Schwerkranken die letzte Ölung zu geben und zum anderen zu dokumentieren, wie er ihn vorgefunden und was der Leibarzt zu berichten hatte.

Der Zufall wollte es, dass genau am Tage des Besuchs von einer Küchenmagd ein derartig ungeschickter Versuch unternommen worden war, in den Brei des Kranken Gift einzumischen, ungeschickt deswegen, weil Meister Konrad die kräftige Verfärbung im Essen sofort bemerkte und also der Versuch verhindert wurde. Unter Tränen gestand sie dem Mönch, dass ein Adeliger ihr das Gift gegeben und viel Geld versprochen habe.

Da dieser Mönch einer von Petrus' Leuten war, hatte er den Vorfall sofort gemeldet. Petrus ordnete daraufhin an, dass sich vier seiner Männer bei Meister Konrad melden und in Abstimmung mit ihm den Fürst-Bischof rund um die Uhr bewachen sollten.

Über das Ableben des hochwürdigen Herrn hatten nicht die Adeligen zu entscheiden.

Noch hatte Petrus keinen Plan für ein spurloses Verschwinden der Leiche, also musste der Kranke vorerst am Leben bleiben.

* * *

Höchst erstaunt schaute der Bischof, der ältere Trautbrunner, seinen jüngeren Bruder an. Widerworte von diesem Einfaltspinsel war er nicht gewohnt und hatte er noch nie erlebt.

„Habe ich dich richtig verstanden ? Du möchtest mir vorschreiben, was ich tun soll ?"

„Du darfst ihn hier nicht hinrichten lassen. Ich muss ihn unbedingt zum Herzog bringen."

Der ältere Trautbrunner hatte sich bereits zurechtgelegt gehabt, wie man mit einer öffentlichen Hinrichtung, während er die Hände der heiligen Isolde hoch über die Häupter der hunderten von Zuschauern halten würde, wie man auf diese Weise ein publikumswirksames Ereignis in Szene setzen könnte, von dem die

Menschen hier in der Gegend noch Jahrzehnte, ach was, Jahrhunderte erzählen würden, und das zusätzlich noch den wohltuenden Nebeneffekt hätte, sicherlich auch dem Heiligen Vater in Rom zu Ohren zu kommen, und vielleicht auch .....

„Was redest du da für Unsinn," riss er sich aus seinen angenehmen Gedanken und fuhr er seinen Bruder an, „hast nicht du selbst nach deiner ersten Begegnung mit diesem muslimischen Prinzen an allen Ecken herumgejammert und um jegliche Hilfe gefleht, der Kinderfresser sei gefährlich, unserer Heimat drohe Verrat, und was weiß ich nicht noch alles ? Und hast du es denn nicht meinem Einsatz zu verdanken, dass wir den Teufel jetzt in unseren Händen haben ? Und da soll ich ihn wieder laufen lassen ? Hast du das wenige Häufchen Verstand, das dir der Herrgott in seiner Güte mitgegeben hat, verloren ?"

„A,a,aber wenn wir ihn hier hinrichten," stotterte der Jüngere, „da, dann kann ich ihn ja nicht dem Herzog vorführen, und dann kann der ja gar nicht ermessen, aus welcher Gefahr ich ihn gerettet habe."

Aha, dachte der Bischof grimmig, sieh an, sieh an, du denkst an deine Karriere. Und deswegen soll ich zurückstecken ?

Ein zweites Mal wollte er seinen Bruder grob anreden, da fiel ihm eine Lösung ein. Wenn auch der Bruder einen Vorteil für seine Karriere hätte, das könnte sich ja in Zukunft auszahlen. Auch ein Bischof war nicht schlecht dran auf dem Wege zum Kardinalsrang, wenn er ein einflussreiches Familienmitglied in des Herzogs Nähe hatte. Ja doch, warum sollten sie nicht beide von diesem Ketzer profitieren.

„Horch zu," sagte er gnädig, „ wir machen es so, dass wir beide etwas davon haben. Ich lasse wie geplant den Kerl hier in der Öffentlichkeit hinrichten, warte," wehrte er ab, als er den Gesichtsausdruck des Bruders sah, „warte und lass mich ausreden. Also wir richten den Kerl hier hin, aber vielleicht nicht gerade zerstückeln, sondern, ja, ich meine, aufhängen ist auch genug, und dann nimmst du den Leichnam mit in die Residenz. Im Grunde wird der Herzog dann sogar froh sein, dass du den Muslim nicht lebendig ablieferst, denn wer weiß, was der noch alles für Tricks auf Lager hat. Verstehst du ? Ich habe hier meine Aufführung, und du kannst dich beim Herzog als Held vorstellen."

Der jüngere Trautbrunner brauchte eine Weile, bis er den Vorschlag des Bischofs verdaut hatte. Dann freute er sich. Wie immer waren die Überlegungen des Bruders gut und richtig. Warum denn auch nicht ? Einen Toten beim Herzog vorführen, das würde ja am Erfolg, dass sie den Teufel gefangen hatten, nichts schmälern. Und ja, lebendig könnte der Prinz nur eine Gefahr darstellen.

Hocherfreut gab er seinem Bruder recht.

* * *

„Wenn das rauskommt, dann wird mich der Bischof vierteilen lassen," jammerte der Reliquienhändler, „wenn da was schiefgeht, wenn der Bischof je erfährt, dass ich Euch geholfen habe, dann ..."

Er konnte nicht weiterreden, so starr war er vor Entsetzen, als er sich die Folgen ausmalte von dem, was ihm Raimund vorgeschlagen hatte.

„Und wenn du nicht mitmachst," Raimund hatte seine finsterste Miene aufgesetzt, was ihm im Moment nicht schwer fiel, „wenn du nicht mitmachst, dann klären wir den Bischof über dich auf. Weißt du, was er machen wird, wenn er erfährt, welche Art Reliquien er in den Händen hält ? Vierteilen ? Der lässt dich in lauter kleine Stücke zerreißen und anschließend an die Schweine verfüttern. Und das Ganze erst, nachdem du ausgiebig gefoltert worden bist."

Der Reliquienhändler erschauerte.

Stephan wartete noch eine kleine Weile, um Raimunds Drohung richtig wirken zu lassen. Dann, als der Reliquienhändler hilflos von einem zum andern sah, meinte er : „Wir machen so etwas nicht zum ersten Mal. Wenn du alles so erledigst, wie wir es dir beschrieben haben, dann wird dir nichts passieren. Kein Mensch, auch nicht der Bischof, wird ahnen, dass du mit uns zusammengearbeitet hast. Und wir sind danach spurlos verschwunden. Du wirst sehen, dass wir die Geschichte so geplant haben, dass dir nichts geschehen wird."

„Ganz genau," setzte Raimund hinzu, „und es ist uns auch in Zukunft völlig egal, wie du weiterhin dein Geld verdienst. Wir wollen nur unseren Freund mitnehmen."

Die beiden waren sich einig gewesen : Es galt schnell zu handeln. Man konnte nicht wissen, was der Bischof mit seiner Beute machen würde, vorstellbar war alles , vielleicht würde man den ‚Prinzen‘ irgendwo anders hinbringen, möglicherweise in die Heimatstadt des Bischofs, im schlimmsten Falle musste man sogar mit einer Hinrichtung gleich hier in Aibling rechnen, wobei zu bezweifeln war, ob zu diesem Zweck vorher irgend eine Art Prozess stattfinden würde. Außerdem würde der Bischof selbst oder jemand in seiner Nähe sich in nächster Zeit fragen, ob dieser ‚Prinz‘ wirklich allein unterwegs war oder ob man die Gegend nach seinem Gefolge absuchen müsste. Alles in allem war es also ratsam, eine Befreiungsaktion so schnell wie möglich durchzuführen. Nur ganz kurz hatten Raimund und Stephan erwogen, ob sie nicht Hilfe holen sollten, aber ein Ritt bis Tegernsee und zurück war ihnen zu riskant erschienen, so viel Zeit hatten sie wohl nicht.

Wo man Gottfried eingesperrt hatte, hatte Raimund schnell herausgefunden. Wie er es erwartet hatte, nutzte auch der Bischof zu diesem Zweck das kleine Gefängnis des Hofgerichtes. Vor ein paar Jahren hatten sie hier in einer nächtlichen Aktion zwei kleine Zigeunerkinder herausgeholt, die Gegebenheiten dort waren ihnen also vertraut. Anders als damals war nur, dass im Moment die Zahl der Bewacher doppelt so hoch war, denn neben den Gerichts-knechten waren auch die Waffenknechte aus der Begleitung des Bischofs dort.

Und hier gedachten sie den Reliquienhändler ins Spiel zu bringen. Mit seiner Hilfe sollte die Zahl der Bewacher auf einige Zeit dezimiert werden. Mit einem einfachen Trick konnten sie dafür sorgen, dass kein Verdacht auf ihren unfreiwilligen Helfer fallen würde, und auch das spurlose Verschwinden würde sich ganz leicht bewerkstelligen lassen, schließlich wollten sie ja sowieso ein paar Tage in Fulinpach bleiben.

Der Bischof saß am selben Abend mit seinem Amtsbruder beim Abendessen, und sie waren gerade dabei, über Rom und etwaige Möglichkeiten der Zukunft zu sprechen, als ein Diener leise eintrat und gleich nach der Tür mit gesenktem Kopf verharrte, ohne etwas zu sagen.

Die beiden Bischöfe plauderten noch etwas weiter, dann fragte der Hausherr :

„Was gibt es denn, Ewald, du weißt doch, dass wir ungestört miteinander reden wollen ?"

Der Diener verneigte sich.

„Ich bitte um Entschuldigung, Eminenz, aber es ist etwas passiert. Draußen ist einer der Waffenknechte des hochwürdigen Herrn von Trautbrunn, er hat eine wichtige Mitteilung."

Statt einer Antwort winkte der Bischof, der Knecht solle herein-kommen.

„Herr," keuchte der Knecht schon beim Hereinstolpern, „etwas Schlimmes ist passiert ! Die Hände, die Hände von der heiligen, äh, von der heiligen Dingsbums, die Hände …"

Der Trautbrunner fuhr von seinem Sessel hoch.

„Teufel noch mal ! Was ist mit den Händen ? So rede doch !"

„Wir kamen gerade von der Küche, also der Julius und ich, weil wir dort unser Abendbrot geholt hatten, weil nämlich sonst bringt es ja die Anna, die Magd, aber heute Abend, da hatte sie …."

Der Trautbrunner sprang nach vorn, packte den Knecht am Wams und schrie außer sich vor Zorn :

„Schwatz' nicht herum, du stolpernder Trottel ! Was kümmert mich euer Abendbrot und eure Anna ! Was ist mit den Händen ?"

„Das ist nicht unsere Anna, das, ja Herr, ja," er wurde vom Bischof anständig durchgeschüttelt, „ja Herr, es war so, wie wir am Zimmer vom Reliquienhändler vorbei gingen, da hörten wir ihn um Hilfe schreien und da sind wir in sein Zimmer und da lag er gefesselt am Boden. Ja, so war's."

„Und die Hände ? Was ist mit denen ?"

„Ja, die Hände, die sind weg."

Der Bischof erstarrte.

„Die Hände sind weg ?" murmelte er ungläubig.

Gleich darauf schrie er : „Wo ist dieser Mistkerl ?"

„Wer ?" Der Knecht verstand nicht, wen sein Herr meinte.

„Wo ist der Reliquienhändler, dieses sorglose Schwein, das nicht auf meinen Schatz aufgepasst hat ?"

Der Knecht zeigte zur Tür.

„Der steht draußen."

Der Trautbrunner machte einen Schritt zur Tür, hielt wieder inne, kehrte zurück zum Tisch und sagte bedrohlich ruhig :

„Herein mit ihm !"

Wie der Knecht stolperte der Reliquienhändler in den Raum, blieb ein Stück vor dem Bischof stehen und senkte den Kopf.

„Was hast du mit den Händen der heiligen Isolde gemacht, du nichtsnutziger Tropf ?"

Der eingeschüchterte Mann musste er drei-, viermal tief durchatmen, bevor er den Mut zur Antwort fand.

„Hochwürdiger Herr Bischof, ich bin ja kein Waffenknecht und kann mich nicht wehren. Und dann waren es ja auch noch zwei Räuber."

Er war gerade dabei gewesen, die Gebeine vom Staub des heutigen Tages zu reinigen, da seien zwei vermummte Gestalten in sein Zimmer eingedrungen und hätten ihm eins über den Schädel gezogen, dass er zu Boden fiel. Dann sei er gefesselt worden. Vom Schlag auf den Kopf sei er zwar benommen gewesen, hätte aber einige Brocken gehört und verstanden, was die beiden Räuber miteinander besprochen hatten, nachdem sie die Hände in zwei verschiedene Säcke gesteckt hätten. Der eine wollte seine Hand nach Salzburg bringen und der andere in die Residenzstadt. Nachdem die beiden verschwunden gewesen waren, hatte er um Hilfe gerufen, eine Zeit lang, er wisse nicht genau wegen des Schlages auf den Kopf, aber jedenfalls so lange, bis ihn die zwei Waffenknechte gefunden und von den Fesseln befreit hatten.

Das Gesicht des Trautbrunners war mittlerweile tiefrot angelaufen.

„Nach Salzburg ? Und in die Residenz ?"

Er packte den Knecht, der ihm diese verheerende Mitteilung gebracht hatte, erneut am Wams.

„Du alarmierst sofort alle unsere Männer ! Ihr werdet in zwei Gruppen den Dieben nachreiten. Hast du gehört, wohin ? Ja ? Und alle, ausnahmslos alle, die in diesen Richtungen unterwegs sind, werden kontrolliert und durchsucht, hast du das verstanden ?"

Der Knecht nickte und wandte sich zur Tür. Da hielt ihn der Bischof ein drittes Mal am Wams fest.

„Und sage den anderen, es braucht mir keiner wieder unter die Augen treten ohne die Hände ! Und jetzt vorwärts !"

Damit war für Stephan und Raimund die erste Voraussetzung zum Gelingen der Befreiung gegeben. Nach einer halben Stunde und ziemlich viel Tumult unter den Knechten waren im Hof des Aiblinger Gerichtes nur mehr die hiesigen Knechte als Wachen da, und die hatten keinen Grund, jetzt, wo die fremden Waffenknechte weg waren, ihren Dienst anders zu versehen als sonst auch. Jeweils zwei machten ab und zu ihre Runden, während die anderen in der Wachstube saßen, einige spielten Karten, manche nickten auf ihren Bänken ein.

Die darauffolgende Nacht war sehr dunkel, denn der Himmel war wolkenverhangen und vom Mond war nichts zu sehen, also kam auch kein Strahl Mondlicht zur Erde. Die beiden Wachen brauchten für ihren Rundgang jeder eine Laterne, und sie sahen mehr auf ihren Weg als die Umgebung abzuspähen, auch gingen sie eben wegen der Finsternis nicht wie angeordnet jede Stunde.

All dies war für die beiden Gestalten, die bereits oben auf der Mauer saßen, aber wegen ihrer dunklen Kleidung und rußverschmierten Gesichter und Hände nicht im Dunklen auszumachen waren, von Vorteil. Das Agieren in solcher Situation, in der die meisten Menschen sich nur ungern bewegten, war schon seit ihrer Rekrutenzeit beim geheimen herzoglichen Dienst ihre Spezialität. Lautlosigkeit, Verharren und Warten in absoluter Stille, sich wie ein Schatten ins Dunkle einfügen, diese Fähigkeiten hatten Raimund und Stephan rasch verinnerlicht.

Sie warteten ab, bis die beiden Wachen wieder in der Wachstube verschwunden waren und die schwere, eisenbeschlagene Tür hinter sich geschlossen hatten. Nun war mindestens eine Stunde Zeit für ihr Vorhaben und das müsste genügen.

An einem Strick, den sie oben befestigt hatten, gelangten sie in den Hof, warteten wieder, ob sich nicht doch etwas regen würde und machten sich an der langen Hauswand entlang zum Gefängnis. Eine doppelflügelige Tür versperrte den Zugang zum Gefängnis. Stephan zog aus dem Gürtel einen verstellbaren Dietrich hervor und es dauerte nur einen Moment, bis er richtig passte und die Tür öffnete. Leise schlüpften die beiden hinein und schlossen die Tür wieder. Links und rechts vom Gang befanden sich jeweils zwei Zellen, wobei man durch die Gitterstäbe in den jeweiligen Raum hineinsehen konnte.

Eine Zelle war leer, in der nächsten waren drei Personen, von denen mindestens zwei laut schnarchten. In den beiden restlichen Zellen war jeweils eine Person, in der Dusterkeit konnte man nicht erkennen, wer von beiden Gottfried war.

„Gottfried !" flüsterte Stephan zischend zwischen zwei lauten Schnarchern und dann noch einmal : „Gottfried !"

Die eine Gestalt rührte sich, stand vom Strohlager auf und antwortete ebenso leise : „Hier !"

Mit dem Dietrich war auch diese Zellentür innerhalb kürzester Zeit geöffnet, und Raimund und Stephan huschten hinein.

„Verflucht !" schimpfte Raimund leise, denn damit hatten sie nicht gerechnet. An so etwas hatte keiner von ihnen im Vorhinein gedacht. Als sie nämlich vor Jahren die beiden Zigeunerkinder hier herausgeholt hatten, war dies ganz einfach gegangen.

Gottfried aber war an die Wand angekettet.

* * *

Als ihn die Waffenknechte wegschleppten, kam es Gottfried immer noch nicht in den Sinn, dass er sich wehren, dass er fliehen müsse. Er verwunderte sich nach wie vor über diesen dämlichen Botschafter, der nach Jahren in Cordoba nichts dazugelernt hatte. Wie konnte es einen solchen Ausbund an Dummheit nur geben ! Erst allmählich dämmerte es ihm, in welcher Gefahr er schwebte.

So gut es ging, spähte er hin und her, ob er nicht irgendwo seine zwei Begleiter sehen könne, doch als dies einer der Knechte bemerkte, wurde ihm ein Sack über den Kopf gezogen und er war in völliger Dunkelheit. Jedes Mal, wenn er stolperte - und das geschah oft, denn er sah ja nichts mehr vom Weg - bekam er einen Faustschlag oder Tritt ins Kreuz.

Als dann der Sack wieder heruntergezogen wurde, fand er sich in einem Verlies wieder. Ein winziges, unordentlich viereckig gemauertes Loch ließ ein bisschen Licht herein, man sah aber auf den ersten Blick, dass durch diese enge Öffnung kein Gefangener einen Fluchtweg würde finden können.

Er bekam einen Eisenring um das linke Handgelenk und wurde mit einer Kette an einen im Mauerwerk eingelassenen Ring angeschlossen. Am Boden daneben stand ein kleiner zerbeulter Napf mit Henkel, und dieser war mit einer kleineren Kette ebenfalls am Ring fest verankert. Einer der Knechte füllte den Napf mit Wasser, dann wurde Gottfried allein gelassen.

Aus der Zelle gegenüber wurde in einer Art herübergerufen, aus der Gottfried schließen konnte, dass hier ein paar Saufbolde untergebracht waren. Er setzte sich auf das bisschen Stroh am Boden und versuchte nun, seine Lage in Ruhe zu durchdenken.

Er war ganz sicher in Gefahr, doch er vermutete, dass seine beiden jungen Begleiter ihn hier nicht einfach so sitzen lassen würden. Laut Hauptmann der Salzburger Büttel gehörten sie wie sein verstorbener Sohn einer Elitetruppe an, also hatten sie bestimmt mehr genügend Willen, Durchsetzungsvermögen und auch Möglichkeiten als ein normaler Waffenknecht. Dazu kam, dass ja Raimund hier in der Gegend zuhause war, er kannte sich hier aus, sicher konnte der junge Mann sich denken, wo man ihn wegschließen würde.

Nun, wo er in Ruhe nachdachte, ärgerte er sich, dass er so begriffsstutzig alles hatte über sich ergehen lassen. In einer großen Menschenmenge auf einem Markt, da war doch eine Flucht einfacher als sonst etwas. Wenn er nur wenigstens jetzt etwas tun konnte, wenn ihm nur irgendetwas einfallen würde.

Er griff nach dem Napf, um ein paar Schlucke zu trinken, nur ein paar Schlucke, nicht alles, wer weiß, wie lange er damit auskommen musste. Dabei fiel ihm auf, dass der Napf gegenüber dem Henkel spitz zulief. Einer seiner Vorgänger musste mit aller Gewalt - Werkzeug war ja keines hier - den Napf so gequetscht haben. Wozu ? Aus Wut ? Oder weil es irgendeinen Sinn gemacht hatte ?

Gottfried hielt den Napf gegen das bisschen Licht und betrachtete die spitze Stelle von beiden Seiten - leichte Kratzspuren waren da zu erkennen. Nein, das waren keine richtigen Kratzer, das war eher so abgeschabt, als wenn jemand …

Er sah sich in der Zelle um. Wo würde es einen Sinn machen, mit solch einer Spitze zu schaben ?

Zunächst konnte er sich nichts vorstellen, fand nichts. Dann fiel sein Blick auf den Ring in der Mauer, an den er angekettet war. Mit dem Finger fuhr er rund herum und siehe da, er stellte fest, dass der

Putz außen herum völlig lose war, wie weggeschabt und lose wieder darauf geschoben.

Als plötzlich einer der Saufbrüder etwas Unflätiges zu ihm herüber schrie, zuckte er zusammen und setzte sich wieder hin. Diesen Ring konnte er jetzt nicht weiter untersuchen, vielleicht, wenn in der Nacht alle schliefen.

Bis es soweit war, war Unruhe in ihm aufgestiegen, doch er zwang sich, zu warten. Dann nachts, als man außer Schnarchen nichts mehr hörte, glitt seine Hand wieder zum Ring. Hier war tatsächlich sehr weit ausgeschabt und wieder verdeckt worden, viel würde nicht fehlen und der Ring wäre locker.

Einen Augenblick dachte er mit Dankbarkeit an den Vorgänger hier in dieser Zelle. Hatte man ihn hingerichtet, kurz bevor er den Ring locker hatte? Säufer und Diebe pflegte man ja nicht anzuketten, wer immer also das gemacht hatte, musste bestimmt so wie er in Angst gewesen sein.

Gottfried nahm den Napf und setzte zum Schaben an, langsam und leise. Keine drei Mal musste er dies tun, dann war der Ring locker, sein Vorgänger hatte mustergültige Arbeit geleistet. Über die Hebelwirkung der Kette zog er ihn völlig aus der Wand heraus und fühlte augenblicklich eine tiefe Beruhigung. Was auch immer geschehen sollte, nun konnte er sich in Windeseile befreien und hätte mit der Kette sogar noch eine ziemlich gefährliche Waffe in den Händen.

Sicherheitshalber steckte er den Ring wieder in die Mauer und füllte den Rand locker mit Putz, in dem befriedigenden Bewusstsein, ihn jederzeit ohne Mühe und vor allem blitzschnell herausziehen zu können.

Dann legte er sich auf das Stroh. Unausgeschlafen und müde zu sein, wenn etwas geschehen sollte, sei es Rettungsaktion durch seine beiden jungen Freunde oder sonst was, das wäre unvernünftig. Mit dem Gedanken, wie gut es doch gewesen war, seine Enkelin in Tiers und damit in Sicherheit gelassen zu haben, schlief er ein.

Er wusste nicht im Mindesten, wie lange er geschlafen hatte, er wurde aber sofort wach, als jemand seinen Namen flüsterte. Und er wusste auch, wer da war, und so antwortete er.

Auf Raimunds Fluch hin flüsterte Gottfried :

„Halt deine Hände unter den Kettenring, dass nichts auf den Boden poltert."

Und im nächsten Moment war er frei. Die beiden staunten, fassten sich aber sofort und alle drei wandten sich zum Ausgang.

An der Mauer wickelte sich Gottfried die Kette eng um den Arm, damit sie nicht ans Mauerwerk schlagen konnte und kletterte mit Raimunds und Stephans Hilfe hoch. Kaum war er auf der anderen Seite, folgten die beiden blitzschnell.

Sie hasteten eine kurze Strecke nach Norden bis zu einem Wäldchen. Schon nach den ersten Bäumen hörte man einen Bach plätschern. Hier waren drei Pferde angebunden, und hier wuschen sich Stephan und Raimund, so gut es ging, den Ruß aus den Gesichtern und von den Händen.

„Und jetzt nichts wie weg," sagte Raimund, „immer mir nach im Gänsemarsch, Gottfried, du als zweiter, Stephan als letzter. Wir reiten in einem Bogen um Aibling herum bis an die Mangfall. Da gibt es eine Furt, die kenne ich in- und auswendig, also auch bei Nacht keine Gefahr. Ab da geht's dann Richtung Fulinpach, und dort werden wir uns ein paar Tage verstecken. Dann los jetzt, vorsichtig und langsam, was wir jetzt nicht brauchen können, wäre wieder ein lahmendes Pferd. Vorwärts !"

Als dem Trautbrunner am nächsten Morgen gemeldet wurde, dass der Gefangene spurlos verschwunden sei, wurde er vor Wut rot. Als ihm aber die Gerichtsknechte die schwarzen Flecken an den Wänden und Türen zeigten, wurde er leichenblass.

Der Gefangene war wirklich ein Teufel gewesen ! Wie anders waren Rußflecken zu erklären sowie die Tatsache, dass er es geschafft hatte, innerhalb von Stunden sich von einer eingemauerten Kette zu befreien. Ein echter Teufel.

Er hätte in seiner Eigenschaft als Bischof daran denken müssen, dass man einen Teufel nicht einfach so einsperren kann, man hätte alle Türen wenigstens mit Weihwasser bespritzen müssen und auf die Türschwellen Rosenkränze legen oder vielleicht überall Heiligenbilder oder Reliquien aufhängen sollen ....

Bei letzterem Gedanken musste er wieder an die Hände der heiligen Isolde denken und es überkam ihn abermals die Wut. Und so vergaß er, wenigstens im Nachhinein alle schwarzen Stellen im Hof und im Verlies mit geweihtem Wasser zu entschärfen. Kein Knecht getraute sich nämlich, dieses Schwarz wegzuputzen. Wo ab und zu der Regen hin traf, so an der Mauer im Hof oder an der Außenseite des Hauses, da verschwanden die teuflischen Flecken mit der Zeit oder verwandelten sich wenigstens in ungefährliches, schmutziges Grau, aber im Gefängnis selbst konnte man die Abdrücke des Teufels noch in den nächsten beiden Generationen bewundern.

* * *

Raimund hatte bei ihrer Ankunft in Fulinpach seinen Vater geweckt und ihm erklärt, dass er einen wichtigen Gast mitgebracht hätte, sowie, dass er sich bitte nach dem Frühstück Zeit nehmen solle, es gäbe eine längere Geschichte zu erzählen.

Georg von Fulinpach, der vor über zwei Jahrzehnten das Neugeborene, das ihm der Herzog anvertraut hatte und von dem er wusste, dass der leibliche Vater Raimund von Bogen war, einer der wichtigsten Männer des Herzogs, nicht nur an Kindesstatt ange-nommen hatte sondern es wie ein eigenes Kind liebte und aufzog, nickte nur. Er wusste ohne großes Nachfragen, dass sein Sohn ihn nicht wegen einer Lappalie im Schlaf gestört hatte.

Und so saßen sie am Morgen, nach einer freundlichen Begrüßung und nach einem ausgiebigen Frühstück beisammen, und wieder einmal erzählte Gottfried von Burgbach seine Geschichte, allerdings war sie inzwischen länger geworden durch die zweimalige Be-gegnung mit dem jüngeren Trautbrunner.

Georg von Fulinpach hörte aufmerksam zu und nickte ab und zu verständnisvoll, zuhören und mitdenken, das war sein Leben lang entscheidend gewesen bei seiner Aufgabe als Berater des Herzogs. Und so wusste er auch, was er zu sagen hatte, als der Besuch seinen Bericht beendet hatte.

„Man kann also einen Trautbrunner nicht einmal auf einen fernen Posten abschieben, ohne dass er Dummheiten mit Nachwirkungen fabriziert. Nur um sicher zu gehen, Herr Gottfried, keiner der Trautbrunner Brüder kennt Euch also mit Eurem richtigen Namen."

Gottfried schüttelte den Kopf.

„Ich bin für die nur der ‚Prinz‘ Sabur.“

„Wenn sie Euch also nie mehr zu Gesicht bekommen, können die beiden Euren Weg auf keinen Fall verfolgen. Und das bedeutet, Ihr könnt Euch nirgendwo hier in der Nähe niederlassen. Seht zu, dass Ihr weit weg kommt, wenn Ihr für Euch und Eure Enkelin Frieden haben wollt.“

Georg wies mit der Hand auf Stephan.

„Geht mit ihm nach Tiers. Dort seid Ihr sicher. Und es würde mich wundern, wenn Stephans Vater nicht schon etwas für Euch parat hält.“

„Ich wäre glücklich,“ antwortete Gottfried, „wenn sich so etwas ergäbe. Die Suche nach Kaltafa war doch recht frustrierend. Hätte ich nur die Urkunde mit mir genommen, dann könnte ich genau sagen, wo es ist. Ein Gut, das spurlos verschwunden ist, das niemand kennt, nein, das wird mir ein Leben lang im Hirn herumschwirren.“

Georg lächelte.

„Davon kann ich Euch befreien. Gut Kaltafa ist hier.“

Drei Augenpaare starrten den Hausherrn ungläubig an.

„Was ?“ stieß Raimund hervor. „Was sagst du da ? Hier ? Ich hab‘ noch nie davon gehört.“

„Wieso hier ?“ fragte gleichzeitig Gottfried.

Georg von Fulinpach lächelte wieder.

„Jetzt ist es an euch dreien, zuzuhören. Jetzt erzähle ich euch eine Geschichte. Und dass du davon nichts weißt, Raimund, ist ganz einfach zu erklären : Diese Geschichte spielte sich zwei oder drei Jahre vor deiner Geburt ab. Wie du selber weißt, haben wir nur zuverlässige Leute, ich habe damals verboten, dass darüber getratscht oder etwas weitererzählt wird, und unsere Leute haben sich an meine Anordnung gehalten.“

Südlich von Gut Fulinpach begannen die Berge der Alpen, ein Ausläufer davon schwang sich westlich in einem Bogen weit um dieses Gebiet und bildete so eine Art Unwetterschutz. Nach Osten und nach Westen zu gab es verschiedene Moore, die teils tückisch und gefährlich waren, zumal von Süden und Westen her mehrere Bäche durch die Moore liefen und immer dann, wenn viel Regen kam, die Moore überschwemmten. Noch schlimmer konnte es zur Zeit der Schneeschmelze werden, dann waren sogar die sonst begehbaren Pfade und Wege ebenfalls überflutet.

Eines Tages in der Übergangszeit von Frühling zu Sommer kam in einer Kutsche eine ältere Dame mit zwei Mägden. Der einzige Mann dabei war der Kutscher, der aber nach den Worten der Dame wieder dorthin zurückkehren würde, wo sie alle hergekommen waren.

Sie zeigte Georg von Fulinpach ein Dokument, nach dem sie seit ein paar Tagen Besitzerin eines Teiles des Moores war, das sich zwischen Fulinpach und dem Dörflein Au ausbreitete. Auf die verblüffte Frage, wie in aller Welt jemand auf die Idee käme, Geld auszugeben für absolut nutzloses Land, erhielt Georg die erstaunliche Antwort, dass sie vorhatte ein Häuslein zu bauen und dort den Lebensabend verbringen zu wollen.

Georgs Frau übernahm die Angelegenheit. Sie lud die alte Dame ein, vorläufig hier auf Gut Fulinpach zu bleiben und erfuhr, wie es zugegangen war, dass die Dame ausgerechnet ein Moorgrundstück gekauft hatte. Sie war auf dem Hofgericht zu Aibling gewesen und hatte sich nach Land erkundigt. Vermutlich hatten sich die Schreiber - Georg konnte sie nicht leiden, weil sie in seinen Augen nicht taugten für ihren Beruf, sie waren unzuverlässig, schlampig und oft genug inkompetent - vermutlich hatten die sich einen Witz gemacht und der Dame einen Teil vom Moor verkauft.

Wo sie allerdings herkam, warum sie allein mit zwei Mägden war, was sie von ihrem bisherigen Zuhause vertrieben hatte, darüber erzählte sie nichts.

Wie auch immer, die Dame beharrte darauf, dass das nun ihr Grund sei, übrigens hätte sie auch gleich beim Kauf eine Erburkunde ausstellen lassen, und ihr Häuslein hatte bereits jetzt, noch bevor es gebaut war, den Namen Gut Kaltafa. Geld hätte sie noch genug, und so bat sie Georg, ihr beim Bau zu helfen.

Dieser hielt die Geschichte nicht nur für verrückt, sondern auch für gefährlich. Doch seine Warnungen wurden nur belächelt.

So verschaffte Georg der Dame zwei Zimmerer mit ihren Arbeitern und stellte sogar ein Fuhrwerk zur Verfügung.

Alle Arbeiten waren mühsam, alle Wege schwierig, vor allem, wenn die Ladung des Fuhrwerkes gewichtig und schwer zu händeln war. Nicht nur einmal lehnten die Zimmerer jegliche Verantwortung ab dafür, dass das Haus für alle Zeiten hier sicher stünde. Immerhin versuchten sie, so solide wie möglich zu arbeiten, zum Beispiel schlugen sie unter dem Boden des Hauses Eichenpfähle in den unruhigen Boden. Diese Vorarbeit allein dauerte länger als der Hausbau selbst, denn jeder Pfahl musste mühselig in den Boden gerammt und zusätzlich mit den anderen verbunden werden.

Immerhin, nach etwas über vier Monaten konnte die alte Dame mit ihren zwei Mägden das Haus, ihr Gut Kaltafa, beziehen. Georgs Frau blieb mit ihr in Verbindung und sorgte dafür, dass die drei regelmäßig mit Essen beliefert wurden. Einen Brunnen zu schlagen, das hatte im Moor keinen Sinn, aber vom Haus aus waren es nur ein paar Schritte zum nächsten Bach. Die Mägde legten sogar ein paar Beete an, mit deren Ertrag später ein guter Teil der Nahrung selbst erzeugt werden sollte.

Der erste Winter kam, er war streng und eisig und es fiel mehr Schnee als erwartet. Georgs Knechte fällten in der Umgebung des Hauses einige Bäume, da man sich bei gefrorenem Boden jetzt viel besser bewegen konnte als noch im Sommer, spalteten das Holz klein und schichteten es an der Hauswand auf. Die Mägde konnten so jederzeit ohne Gefahr Brennholz hereinholen.

Der viele Schnee aber machte Georg große Sorge. Noch einmal versuchte er, die Dame zu warnen und ihr zu erklären, wie gefährlich es im Frühling bei der Schneeschmelze werden könnte, doch sie lachte nur. Sie lachte zufrieden, daran konnte er sich heute noch sehr gut erinnern, sie lachte zufrieden, weil sie in ihrem Gut Kaltafa endlich glücklich war. Keine Macht der Welt würde sie aus diesem Haus je wieder vertreiben.

Es kam viel schlimmer, als Georg es sich ausmalen hätte können. Ein paar Tage lang wütete ein so heftiges Schneetreiben, dass sich niemand einen langen Weg zu machen getraute. Dann setzte von einem Tag auf den anderen Frühling und Tauwetter ein. Der Schnee schmolz rasant, die Bäche schwollen an und gingen über. Sie gingen nicht nur über, sie wurden zu wilden Bestien.

„Als es uns endlich möglich war," beendete Georg von Fulinpach seine Erzählung, „uns auf den Weg zu machen zu Gut Kaltafa, um bei der alten Dame und ihren Mägden nach dem Rechten zu schauen, da sahen wir das Schlimmste, das man sich vorstellen kann. Wir sahen nämlich gar nichts. Das Wasser hatte nicht nur das Haus weggerissen, sondern rund um auch das Moor so aufgeweicht, dass nicht das geringste bisschen von Gut Kaltafa mehr zu sehen war. Es war alles komplett im Moor verschwunden."

Er machte eine kurze Pause und fuhr dann fort.

„Wir konnten das ganze Jahr nicht in die Nähe des Gebietes, auf dem einst Kaltafa stand. Alles war nur noch Moor, weiches Moor, lebensgefährliches Moor. Keiner der wenigen Pfade, die vor dem Winter dorthin oder durch das Moor geführt hatten, war mehr vorhanden. Es blieb nur die erschütternde Gewissheit : Gut Kaltafa war mit seinen Bewohnern im Moor versunken.

Sobald das Wetter es zuließ, ritt ich nach Aibling und gab im Hofgericht Bescheid, dass Gut Kaltafa nicht mehr existiert. Die Schreiber haben nur blöde gegrinst, ich weiß heute noch, dass ich mich beherrschen musste, ihnen nicht ein paar auf die Nase zu geben, aber was außer Ärger hätte das gebracht."

Nun herrschte Schweigen, alle sahen auf Gottfried. Der schien zu grübeln und sinnieren, er sagte nichts. Schließlich meinte Raimund :

„Das tut mir leid, aber das mit deinem Erbe, das wird ja nun nichts. Da spielt es auch keine Rolle mehr, ob du die Urkunde hast oder nicht. Sollen wir so schnell wie möglich nach Tiers ?"

Gottfried antwortete nicht gleich. Sein Gesicht arbeitete.

„Ich bin mir sicher," unterstützte Stephan Raimund, „dass du und deine Enkelin bei uns in Tiers nicht nur willkommen bist, sondern bestimmt auch etwas finden wirst, wo du ein neues Zuhause errichten kannst. Was meinst du, sollen wir gleich aufbrechen ?"

Gottfried sah auf.

„Ihr braucht euch keine Sorgen um mich zu machen," er sah rundum jeden an, „Kaltafa ist verloren, aber ich habe es ja auch nie wirklich gehabt. Mag die Urkunde in Navarra verrotten. Ja, der Gedanke mit Tiers ist mir sehr angenehm, ein Zuhause finden für meine Enkelin und das noch dazu gleich mit Freunden, ja, das ist ein wunderschöner Gedanke. Aber das mit der Abreise, das müssen wir verschieben. Ich muss euch noch für einen Plan um Unterstützung bitten, Euch auch, Herr Georg, denn ich kann hier nicht weg, bevor ich nicht ein Versprechen eingelöst habe."

„Und das wäre ?" fragte Georg. „Ihr könnt hier selbstverständlich bleiben so lange Ihr wollt, die Freunde meines Sohnes sind meine Freunde, da gibt es keine Diskussion. Aber wem habt Ihr denn etwas versprochen ?"

„Am Grab meines Sohnes in Salzburg habe ich ihm gelobt, dass ich ihn dort weghole, dass er ein Begräbnis bekommt, wie es einem guten Muslim zusteht. Und mein Sohn war ein guter Muslim, davon bin ich überzeugt."

Gottfried hielt einen Moment inne, dann sprach er weiter.

„Und ein guter Muslim muss eine Hadsch nach Mekka unternehmen. Mein Sohn kann das nicht mehr, also lasse ich Mekka zu ihm kommen."

Georg schüttelte den Kopf.

„Herr Gottfried, erlaubt mir, dass ich frage. Ich habe nämlich nicht alles verstanden. Ihr wollt Euren Sohn von dem Friedhof, in dem er jetzt liegt, holen, ihn dort ausgraben lassen ?"

Gottfried nickte.

„Und dann wollt Ihr, dass Mekka zu ihm kommt ? Wie wird das gehen oder zumindest, wie stellt Ihr Euch das vor ?"

Er sah Gottfried ernst an.

„Und dann, Ihr habt nicht vergessen, dass Ihr in einem Lande seid, in dem alles, was nicht christlich ist und sich der christlichen Kirche unterwirft, dass das alles als Ketzerei gilt und unnachgiebig verfolgt wird. Ihr habt es doch gerade selbst am eigenen Leib erlebt, wie nahe Ihr dem Tod gewesen seid. Eine muslimische Beerdigung, da wird die Volksseele kochen."

„Ich habe nicht vor, jemanden in Gefahr zu bringen," antwortete Gottfried, „Eure Erzählung von Kaltafa, Herr Georg, die hat mich auf eine Idee gebracht. Noch einmal, ich werde niemanden in Gefahr bringen, ich glaube, ich kann hier guten Gewissens um Eure Unterstützung bitten."

Und er erklärte, was er vorhatte.

Nun schüttelte Georg von Fulinpach erneut den Kopf, aber er lächelte dabei.

„Verrückt, wirklich verrückt, aber gut, ja, ich glaube, es ist durchführbar. Wenn Ihr damit Euren Seelenfrieden und für Euren Sohn das Paradies gewinnt, dann habt Ihr meine Zustimmung und meinen Segen. Und was sagt ihr beide dazu ?"

Er sah Raimund und Stephan an.

Raimund grinste bis über beide Ohren.

„Wir werden tatkräftig mithelfen. Max hat uns ja quasi dazu beauftragt. Und für den ersten Teil des Unternehmens, ich glaube, da fragen wir Petrus. Der wird unsere Bitte um Mithilfe nicht abschlagen."

Stephan erhob sich.

„Das mit Petrus übernehme ich, ich reite gleich los. Inzwischen könnt ihr hier alle Vorbereitungen treffen für diese ganze Geschichte, allzu lange wird Petrus für Gottfrieds Wunsch sicher nicht brauchen."

Er war kaum vor die Tür getreten, da wurde der Ritt nach Berchtesgaden überflüssig.

* * *

Petrus, der neue Kardinal, war kein Fanatiker, kein Blindgläubiger, kein Selbstzerfleischer. Er war innerhalb seiner Organisation als ausgezeichneter Analytiker bekannt, also war er auch fähig, kirchliche Lehrsätze und Dogmen zu überprüfen und zu hinterfragen. Wo immer in seinen Überlegungen Skepsis und Zweifel auftauchten, waren sie aber für ihn niemals Grund, die ganze Religion an sich in Frage zu stellen

Er hatte für sich selbst in manchen Glaubensdingen anders entschieden als die Kirche zu denken und glauben verlangte. Zum Beispiel lehnte er grundsätzlich die vielfach geübte Entsatz-Methode ab, die die sogenannten heidnischen Denkweisen in christliche überführen sollten. Wenn also zum Beispiel ein kerniger Germanenstamm heute noch schwärmte von dem glanzvollen Ritter Siegfried, der einen Lindwurm getötet hatte, dann ließ die Kirche diesen übertreffen durch den heiligen Georg, denn der war es in Wirklichkeit, der sich mit solch einem Untier angelegt hatte. Wenn immer noch erzählt wurde von einem germanischen Gott, der einen Fährmann schwer prüfte, indem er sich über den reißenden Fluss tragen ließ und dabei immer schwerer wurde, dann war es laut christlicher Erzählweise der heilige Christophorus, dem so etwas passiert war, natürlich nicht mit germanischem Gott, nein, es war in Wirklichkeit das Christuskind selbst, ansonsten blieb alles in der Geschichte hübsch gleich. Und dann war es selbstverständlich nicht ein Waldgeist, der dem tapferen Jäger erschienen war in Gestalt eines Riesenhirsches, nein, das war natürlich dem heiligen Hubertus zugestoßen, und der Hirsch hatte nicht ein unmäßig großes Geweih, sondern ihm wuchs auf der Stirn ein Kruzifix.

Man ersetzte also Sage für Sage, Legende für Legende, Geschichte für Geschichte mit tapferen christlichen Helden, eben den Heiligen.

Für Petrus hatte dies den unangenehmen Beigeschmack, ein kleiner heidnischer Gott würde durch einen kleinen christlichen Gott ersetzt, denn es wurde ja immer mehr üblich, zu diesen Heiligen zu beten wie zu Gott selbst. Wie viele unzählige Bitten wurden nicht tagtäglich an sie gerichtet, zu helfen oder sich bei Gott für den Bittenden einzusetzen. Und dies war der Knackpunkt, den Petrus kategorisch ablehnte.

Hier wurde Gott eindeutig abgewertet. Sollte man denn im Ernst glauben, er säße im Himmel und entscheide sich nach der Anhörung eines Heiligen anders, als er noch vor Minuten vorgehabt hatte ?

Und stand nicht in der Bibel : ….von dannen er kommen wird zu richten die Lebendigen und die Toten….? Wie konnte man also nur auf die eigenartige Auslegung kommen, all die zahlreichen Heiligen säßen jetzt bereits neben dem himmlischen Vater ?

Petrus war kein Philosoph, kein Kirchenlehrer. Diese Gedankengänge blieben Gedanken, er diskutierte mit niemandem darüber. Fehler gab es nach seiner Auffassung immer und überall, entscheidend blieb der Kern, der Grundgedanke. Und diesem wollte er folgen, für diesen setzte er sich ein mit aller Kraft innerhalb seiner Organisation.

Es hatte schon bedeutende Denker innerhalb der Kirche gegeben, die verzweifelt waren an dem Paradoxon des Problems freier Wille. Hat Gott dem Menschen den freien Willen gegeben ? Wenn ja, dann weiß er also vorher nicht, was daraus wird. Aber dann wäre Gott ja nicht allmächtig, dann wüsste er wie der Mensch heute nicht, was morgen kommt. Gibt es den freien Willen nicht, dann ist der Schöpfer allein verantwortlich, nicht nur für Gutes, sondern auch für alles Böse. Das wiederum würde bedeuten, dass Gott in sich beides trägt, Gut und Böse. Dann wäre er zwar allmächtig, aber soweit ein menschliches Gehirn begreifen kann, dann wäre er niederträchtig.

Der einfache, ungebildete Mensch, dem es nicht gegeben ist, weitläufig nachzudenken, geht dem Paradoxon aus dem Weg, indem er bei Unglück glaubt, Gottes Wille geschehe, und bei Erfolg der Meinung ist, die Bitte an einen Heiligen habe geholfen.

Petrus war für sich zu dem Schluss gekommen, dass dieses Paradoxon für den menschlichen Geist unmöglich zu lösen ist, also machte es keinen Sinn, ewig zu grübeln. Was nicht zu verstehen ist, kann man ablehnen oder schlicht glauben. Er blieb beim glauben.

Manches Mal allerdings war man schon versucht, an Gottes Fügung zu glauben, wenn nicht, dann zeigten sich eigenartige Zufälle.

Bisher war ihm nichts dazu eingefallen, wie man den Leichnam des Fürst-Bischofs so wegbringen könnte, auf dass er niemals und von niemandem je gefunden oder entdeckt werden könnte. Jede Möglichkeit, über die er nachsinniert hatte, war ihm zu unsicher.

Und da, wie aus heiterem Himmel, wurde ihm die Lösung geboten, einfach und sicher, leicht zu bewerkstelligen.

Mit fünf Begleitern war er in der Residenz gewesen und hatte seinen Nachfolger in der Kontaktstelle der beiden geheimen Dienste eingewiesen. Es war dies ein junger Mönch namens Augustinus, der sich in bisherigen Aktionen als schlagfertig und gescheit erwiesen hatte und zudem ebenfalls mit Stephan und Raimund bereits bekannt war.

Auf dem Rückweg wollte er in Fulinpach Station und Herrn Georg seine Aufwartung machen, mit dem er viel zu tun gehabt hatte, als er selbst noch in der Kontaktstelle saß.

Kaum waren sie in den Hof geritten, trat drüben aus dem Haupthaus gerade Stephan aus der Tür.

Ein weiteres Mal erzählte Gottfried seine Geschichte, diesmal halfen aber Raimund und Stephan kräftig mit.

Als Gottfried schließlich darlegte, was er seinem Sohn versprochen und wie er sich die Durchführung vorgestellt hatte, wusste Petrus mit einem Mal, was er zu tun hatte.

„Selbstverständlich übernehmen wir die Exhumierung und den Transport hierher," nickte er Gottfried zu, „einen Trupp Mönche, die einen Verstorbenen heimholen zu seiner Familie, wird kein Mensch groß beachten. Ich habe so etwas schon einmal mitgemacht, der Sarg wird mit in Essig getränkten Tüchern umwickelt und auf dem Karren mit einer Schicht Erde und Gras bedeckt, dann sieht niemand den Sarg und auch vom Geruch her, verzeiht, Herr Gottfried, aber so ist das nun mal, auch vom Geruch her merkt kaum jemand etwas."

Hier offenbart sich mir die beste aller Möglichkeiten, dachte Petrus bei sich, diese Exhumierung bietet die Gelegenheit, den toten Fürst-Bischof tatsächlich so verschwinden zu lassen, dass nie wieder jemand etwas von ihm sieht. Mag Herrn Gottfrieds Plan noch so wahnwitzig und verrückt erscheinen, für mein Vorhaben gibt es nichts Besseres. Selbst wenn, was nicht wahrscheinlich ist, selbst wenn irgendjemand nach dem Toten suchen sollte, diese Suche hätte keine Aussicht auf Erfolg.

„Wie schnell," fragte er Raimund und Stephan, „wie schnell habt ihr hier alle Vorbereitungen getroffen? Es macht natürlich keinen Sinn, wenn wir zu früh eintreffen und der Sarg steht dann eine Woche herum." Er rümpfte unbewusst etwas die Nase. „Das würde kaum jemand aushalten."

Er wandte sich noch einmal an Gottfried.

„Verzeiht bitte, es klingt respektlos, aber wir müssen eben mit allem rechnen, und ich habe schon erlebt, dass sich der Körper eines Verstorbenen einige Jahre lang recht gut erhalten hat. Ist nur noch das Skelett im Grab, gibt es kaum Geruchsprobleme, aber manchmal eben ist das auch anders."

„Das verstehe ich schon," Gottfried nickte, „Herr Georg meinte, alles wäre innerhalb einer Woche zu schaffen."

„Ja," bestätigte dieser, „nachdem Raimund und Stephan auch dabei sind, und nachdem Herr Gottfried alles, was nötig ist, sofort bezahlen will, können wir ohne Problem so etwa zehn Arbeiter beschäftigen, also müsste eine Woche ausreichen."

„Gut," Petrus erhob sich, „dann will ich nicht länger herumtrödeln. Ich mache mich mit meinen Leuten nach Berchtesgaden und organisiere die Exhumierung zeitlich so, dass wir bis in einer Woche, einen Tag hin oder her, dass wir bis in einer Woche wieder hier sind."

* * *

Die angeworbenen Arbeiter schufteten in zwei Gruppen, sie ließen sich durch keine Widrigkeit abhalten, sie machten kaum Pausen, sie mussten eigentlich gar nicht überwacht oder angetrieben werden.

Zunächst hatten sie auf das Arbeitsangebot nur ungläubig geschaut, denn welcher Herr meint es schließlich ehrlich, wenn er eine solch hohe Summe versprach für gute Qualitätsarbeit, die auch noch innerhalb einer bestimmten Frist fertig sein musste. Doch als sich Georg von Fulinpach, den hier jeder im Umkreis als anständigen und zuverlässigen Grundherren kannte, für Gottfrieds Angebot verbürgte, waren rasch zehn kräftige und vor allem handwerklich geschickte Männer gefunden.

Die eine Gruppe baute kurz vor dem Moor eine solide Sperre in den Bach, der hier als ‚jäher' Bach bekannt war, da er bei Regen schnell reißend wurde und bei der Schneeschmelze oft genug alles umliegende Land unter Wasser setzte. Noch war in der Mitte offen und alles Wasser konnte im Bachbett abfließen und seinen regelmäßigen Lauf finden, doch an einem baumdicken Querbalken hing ein festes Holztor, das, wenn es abgesenkt werden würde in den Bach, diesen rasch aufstauen würde. Welchen Sinn die Anlage haben sollte, war den Arbeitern weder klar noch erklärt worden und es interessierte sie ehrlich gesagt auch nicht weiter.

Die zweite Gruppe hatte gleich in der Nähe eine Aufgabe, über die die einen die Stirn runzelten und die anderen, wenn keiner der Herren es sah, sich an die Stirn tippten. Sie sollten ein Haus auf wackeligem, sumpfigen Grund errichten. Allerdings wurde dazu nur ein einziger Baumstamm in den Boden gerammt, mindestens acht oder gar zehn oder zwölf wären doch zu Sicherheit und Stabilität notwendig gewesen. Es sollte durchaus ein größeres Herrenhaus werden, keine kleine Hütte, und so musste allerhand ausbalanciert werden beim Zusammenbau des Holzbodens, denn es hing ja alles nur an einem einzigen Grundbaum. Doch als die Arbeiter beim Dach waren, spotteten sie schon nicht mehr über den unsicheren Grund, was ging es schließlich sie an, wie dieser neue Herr wohnen wollte.

Alle Arbeiter, ob erste oder zweite Gruppe, erhielten nach Beendigung der mühseligen Arbeiten einen solchen Lohn, wie vorher versprochen und wie sie zu Lebzeiten wohl nicht mehr erhalten würden und zogen tief befriedigt ab.

Am nächsten Tag ritt Georg von Fulinpach zum Hofgericht Aibling und ließ in das dortige Register eintragen, dass auf dem Gelände des ehemaligen Gutes Kaltafa ein neues Gutshaus errichtet worden war mit dem Namen Mekka. Alle drei Schreiber sahen auf, keiner wagte aber Georg anzusprechen. Beflissen und eifrig wurde die neue Urkunde mit dem Namen Gut Mekka ausgestellt. Als der zuständige Schreiber Georg die fertigen Urkunden zeigte und ihm eine davon überreichte, fragte er vorsichtig :

„Die Besitzerin des Landes ist doch aber schon lange verstorben, nicht wahr ?"

Georg fixierte den Mann scharf mit den Augen und meinte nur :
„Na und ?"

Der Schreiber zog den Kopf ein und sagte nichts mehr. Beide Urkunden wurden gesiegelt, eine in der Registratur abgelegt und die andere nahm Georg mit.

* * *

Meister Konrad unterbrach seine wissenschaftlichen Studien jeden Tag gewissenhaft dreimal, um nach dem Fürst-Bischof zu sehen. Als Arzt konnte er zwar kaum noch etwas tun - wer so vom Schlagfluss getroffen worden war, der konnte sich eigentlich glücklich schätzen, wenn er es nicht überlebte, das Dahinsiechen war eine elende Art des Daseins - aber als ehemaliger Leibarzt fühlte er sich doch verpflichtet, sich darum zu kümmern, dass wenigstens das Wenige getan wurde, was man tun konnte. Er kontrollierte also dreimal, ob der Bischof wund lag, ob seine Notdurft ordentlich entsorgt worden war, ob nicht etwa Erbrochenes die Luft im Zimmer unerträglich machte und mehr in dieser Art.

Seit diese Mönche sich abwechselten bei der Beaufsichtigung, hatte es aber in dieser Hinsicht keinen Grund mehr zu Klagen gegeben. Dennoch blieb Meister Konrad bei seinem Besuchsrhythmus.

Als er diesen Morgen das Zimmer betrat, blieb er unwillkürlich stehen. Das, was der Mönch gerade machte, war ihm als Arzt sehr vertraut, das hatte er leider zu oft bei Patienten erlebt. Der Mönch kniete vor dem Bett des Fürst-Bischofs und sprach halblaut Sterbe-Gebete.

Meister Konrad bekreuzigte sich. Endlich war der arme Kranke von seinem Leiden erlöst. Meister Konrad wartete, bis der Mönch fertig war und sich erhoben hatte. Dann trat er zum Bett und schloss seinem ehemaligen Herrn die Augen. Ein bisschen fühlte er Gewissensbisse, weil er schon eine Art Vorfreude empfand, dass er bestimmt im Laufe der nächsten Nacht die Möglichkeit finden würde, den Kopf des Verstorbenen zu öffnen. Was war wohl in einem Gehirn geschehen bei solchem Schlagfluss? Und würde man feststellen können, ob das Herz einfach zu arbeiten aufgehört hatte oder vielleicht das frische Blut nicht mehr in den Kopf steigen hat können oder die Lungen sich geweigert hatten, weiterhin einen Luftaustausch durchzuführen?

Mit letzterem lag der gute, wissbegierige Arzt gar nicht so falsch, jedoch war es ihm nicht vergönnt, auch nur die kleinste Prüfung in dieser Richtung vorzunehmen.

Zum einen hatte der Mönch das riesige Kissen, mit dem er den Fürst-Bischof erstickt hatte, sauber und ordentlich aufgeschüttelt und wieder am Kopfende des Bettes hingelegt, und zum andern war der Verstorbene am Abend nicht mehr da. Genauso wie die Mönche, die ihn eine Zeit lang bewacht hatten, war er spurlos verschwunden.

* * *

Drei Tage, nachdem Georg von Fulinpach Gottfried die Urkunde zu Mekka überreicht hatte, traf auf Gut Fulinpach ein Gespann ein, das von sechs Mönchen begleitet wurde, einer davon war Petrus.

Nach der Begrüßung nickte er Gottfried zu und nahm ihn beiseite.

130

„Wir haben alles so erledigt, wie Ihr es gewünscht habt, Herr Gottfried," sagte er leise zu ihm, „erschreckt nicht, wir haben Euren Sohn in einen neuen Sarg betten müssen, der alte war völlig zerfallen. Und bitte verlangt nicht von mir, den Sarg öffnen zu lassen. Es ist, wie ich es befürchtet und schon erlebt habe, er ist noch nicht richtig, verzeiht, ich will Euch nicht weh tun, er ist noch nicht völlig verwest. Wenn Ihr den Sarg öffnen lasst, dann wird das einzige Bild, das Ihr hinfort von Eurem Sohn in Euch tragen werdet, dann ist dieses Bild ein …, kein schönes. Ich bitte Euch, lasst ihn so darin ruhen, wie er ist."

Gottfried starrte einen Moment vor sich hin. Insgeheim, das musste er sich eingestehen, insgeheim hatte es ihn schon gedrängt, wenigstens einmal noch einen Blick auf seinen Sohn werfen zu können. Dann schüttelte er diesen Gedanken ab.

„Ich danke Euch, Petrus. Ich danke Euch von ganzem Herzen. Und Ihr habt völlig recht. Die letzte Ruhestätte meines Kindes soll unangetastet bleiben, ich werde den Sarg nicht öffnen. Mein Bild von meinem Sohn soll so in meiner Erinnerung bleiben, wie Stephan und Raimund ihn mir geschildert haben, ein fröhlicher, blonder junger Mann, und kein halb zerfallenes Wesen."

Dann drehte er sich beiseite und weinte leise.

Abgeschirmt auf der einen Seite vom weiten Moor mit hochauf gewucherten Pflanzen und weit ausladenden Bäumen und auf der anderen Seite, am Zugangsweg und am Bach, von fünf aufmerksamen jungen Mönchen, fand am nächsten Morgen bei Sonnenaufgang am Haus mit dem Namen Mekka eine eigenartige Zeremonie statt.

Diesen Zeitpunkt hatte man gewählt, damit Gottfried sicher sein konnte, in welcher exakten Richtung Osten lag.

Zu viert, Raimund, Stephan, Petrus und Gottfried selbst, trugen sie den Sarg vorsichtig in das neu erbaute Haus und setzten ihn in der Mitte des großen Zimmers ab. Dabei achteten sie sorgfältig darauf, dass dieses erste und einzige Möbel mit dem Kopfende zur aufgehenden Sonne, also genau nach Osten, stand.

Während Petrus - er hatte am Tage zuvor Gottfried gefragt, ob es dies dürfe - ein Gebet sprach, blieben die anderen mit geneigtem

Kopf still stehen. Dann nahm Stephan Gottfried am linken und Raimund am rechten Arm, und sie führten ihn hinaus.

Eine Weile brauchte Gottfried, um sich zu fassen, dann begann er mit den mohammedanischen Sterbegebeten. Alles, was nach muslimischer Religion notwendig und hier möglich war, führte er durch, während die drei ihn andächtig beobachteten.

Als er fertig war, gab er den anderen ein Zeichen. Gemeinsam gingen sie langsam bis zu der Holzwand und stellten sich dahinter auf, so, dass sie Haus Mekka gut im Blickfeld hatten. Zu diesem Zweck war eine kleine hölzerne Bühne errichtet worden, die hüfthoch über den Erdboden ragte.

Stephan und Raimund ließen das Holztor herunter und stauten so den Bach auf, bis das Wasser fast auf vierfache Höhe gestiegen war und allmählich begann, nach links und rechts das Moor zu überfluten.

Sobald man mehr Wasser als Boden erkennen konnte, wurde das Tor mit einem Ruck hochgezogen. Und nun machte der jähe Bach seinem Namen alle Ehre. Wie wild geworden, stürzten sich die Fluten auf das Haus, rissen es von der einzigen Stütze und viel schneller, als alle es erwartet hatten, bewies das Moor seine gefährlichste, tückische Eigenart : Der Boden öffnete sich mit blubberndem Schlamm und ließ alles, was schwerer war als das Wasser, nach unten versinken.

Wie einst Kaltafa war nun auch Mekka im Moor verschwunden.

Gottfried hob beide Hände gegen den Himmel und rief ein paar Sätze, die niemand außer ihm verstehen konnte, denn außer ihm war kein Muslim anwesend.

Dann wandte er sich zu den anderen. Er wischte sich zwar Tränen aus dem Gesicht, sah aber sehr froh aus.

„Mein Sohn ist in Mekka begraben. Wie es Vorschrift ist, schaut er nach Osten. Weil ihr mir es ermöglicht habt, hat er ein Begräbnis erhalten, das einem guten Muslimen zusteht. Jetzt kann er nach seinem Glauben ohne jedes Hindernis ins Paradies. Nun ist mein Sohn glücklich und ich darf es auch endlich sein. Ich danke euch, meine Freunde."

Die Tränen, die er daraufhin vergoss, waren Freudentränen und Tränen einer unendlichen Erleichterung.

„Und auch meine Frau, seine Mutter," sagte Gottfried und nahm Petrus am Arm, „kann jetzt ewige Ruhe finden. Tut mir noch den einen Gefallen, Petrus, und bettet für sie. Betet als Mann der christlichen Kirche für unser Kind und seine Mutter, damit auch sie ihren Frieden findet. So wie ich jetzt."

Petrus nickte ergriffen.

* * *

Auf Burg Tiers herrschte helle Aufregung, als die drei, Gottfried und Stephan und Raimund, dort eintrafen. Hauptperson war selbstverständlich die kleine Tiara. So lange Zeit war sie noch nie von ihrem Großvater getrennt gewesen, und sie hatte nun so viel zu erzählen und zu zeigen.

Während sie den Großvater herumführte, teils zog sie ihn an der Hand herum, teils trug er sie, denn er hatte ein unbändiges Verlangen danach, das Kind zu streicheln und immer wieder zu küssen und zu drücken, währenddessen plapperte sie unentwegt in ihrer Muttersprache, benutzte aber für die Orte und Dinge, die sie hier auf Tiers erst kennengelernt hatte, bereits die Ausdrücke der hiesigen Sprache. Stephan hatte anfangs seine ältere Tochter, die ziemlich gleich alt war mit Tiara, zurückhalten wollen, damit Gottfried mit seiner Enkelin ungestört bliebe, aber Tiara hatte laut und deutlich in der neuen Sprache bestimmt :

„Anna muss mitkommen !"

Von diesem Tal, das spürte Gottfried deutlich, würde er seine Enkelin so leicht nicht mehr wegbekommen und das wollte er auch gar nicht. Beides zusammen, die nicht in Worten ausdrückbare Erleichterung, mit seinem Sohn und dessen Leben ins Reine gekommen zu sein, und die Freude und Begeisterung seiner Enkelin, beides zusammen ergaben für ihn zum ersten Male wieder seit über zwei Jahrzehnten das echte Gefühl von Glück, besser gesagt von einem Glück, das dauerhaft sein könnte.

Und so gab es keine Diskussion, als Stephan von Tiers, der Senior, ihm erzählte, dass am nächstgelegenen sonnenbeschienenen Abhang ein Weingut zu kaufen wäre, da der letzte Besitzer kinderlos gestorben war. Nun ja, ein richtiges Gut war es natürlich nicht, im

Moment eher ein etwas verwahrloster Bauernhof, aber das sei in diesem Fall ja nicht schlecht, so könne Herr Gottfried nach seinen Wünschen und Vorstellungen neu bauen.

„Wir würden uns alle freuen," setzte er hinzu, „wenn ihr beide inzwischen unsere Gäste sein wollt. Mit Kauf und Bau wird es keinerlei Probleme geben, ich bin hier der Vertreter unseres Herzogs. Und ganz ehrlich, unsere kleine Anna würde uns die Hölle heiß machen, wenn ihre liebste Spielgefährtin wieder wegreisen würde."

Für Gottfried war es, als würde eine neue Tür für ihn aufgestoßen. Er bat darum, augenblicklich zu diesem Weingut hin zu reiten, er wollte die mögliche neue Heimat sofort in Augenschein nehmen.

Tiara und Anna durften mit und waren hellauf begeistert. Jede saß vor ihrem Großvater auf dem Pferd und spielte mit den Haaren der Pferdemähne. Immer wieder riefen sie sich etwas zu und lachten. Gottfried konnte nicht anders, er schüttelte den Kopf über sich selbst, da er nicht fassen konnte, dass immer wieder neues Glücksgefühl in ihm aufströmte.

Als sie am Hang angekommen waren, stellten sie fest, dass die Bezeichnung ‚etwas verwahrlost' noch ziemlich schmeichelhaft war. Im Hausinneren waren alle Holz-Lehm-Wände morsch und verrottet.

„Umso besser," stellte Gottfried vergnügt fest, „umso besser. Wir reißen ohne großen Aufwand alles nieder und bauen völlig neu. Das soll ein Gut werden, in dem sich Tiara und später alle ihre Nachkommen zu Hause fühlen sollen."

Er war nicht nur voller Glück und Zufriedenheit, er hatte auch bereits Zukunftspläne im Kopf.

„Ihr wisst doch," sagte er zu Stephan, als sie beide die zwei im Gras spielenden Mädchen betrachteten, „dass ich dem Sohn des Herzogs versprochen habe, ihm mit meinen Kenntnissen zur Verfügung zu stehen. Auf der anderen Seite aber wage ich mich nicht mehr von hier fort, schon gar nicht in die Residenz. Noch einmal diesem verblödeten Trautbrunner zu begegnen und all mein Glück noch einmal aufs Spiel zu setzen, nein, das will ich nicht."

Er nahm die zwei Blumen, die ihm seine Enkelin brachte, strich ihr übers Haar und fuhr fort.

„Was meint Ihr, wird Max einverstanden sein mit einem Vorschlag, den ich mir reiflich überlegt habe : Ich baue noch ein zweites Haus, ein Gästehaus mit einem kleinen, na sagen wir mal, Rittersaal. Hierher kann der Herzog angehende Botschafter schicken, so vielleicht auf einen oder zwei Monate, und ich schule sie, soweit meine Erfahrungen und Kenntnisse reichen.

Das würde dem Herzog nützen und mir würde es sogar Spaß machen."

Stephan war überrascht.

„Diese Idee ist ja ausgezeichnet. Ja, ich glaube, unser Herzog wird begeistert sein. Aber dann wird der gesamte Neubau sicher doppelt so viel kosten."

Gottfried lachte, und die beiden Kleinen lachten mit, denn sie dachten, er lache deswegen, weil gerade ein Grashüpfer über Annas Kopf direkt in Tiaras Schoß gesprungen war.

„Ich kann mir nicht vorstellen," meinte er als Antwort, „dass das Geschenk meiner beiden Freunde aus Cordoba so leicht aufzubrauchen ist. Nein, da macht Euch mal keine Sorge, ich bin reich, nach den Maßstäben hier im Gebiet des Herzogs bin ich wohl einer der Reichsten. Nein, das Geld geht mir nicht aus, und selbst wenn ich ein ganzes Dorf neu bauen würde."

* * *

Und Geld sorgt auch dafür, dass Anordnungen und Pläne sehr rasch umgesetzt werden. Im selben Jahr noch wurde der Einzug in das neue Heim für Tiara und Gottfried gefeiert. Stephan von Tiers hatte dafür gesorgt, dass in irgendeiner Weise fast alle Männer des Dorfes und der umliegenden Bauernhöfe und Weingütern bei Bau oder Kauf von Material irgendwie mit Gottfried zu tun und somit an ihm etwas verdient hatten, und nachdem er sowieso umgänglich und zu allen freundlich war, wurde er rasch akzeptiert.

Nun ja, hinter vorgehaltener Hand wurde gelächelt und gemurmelt, mal sehen, ob der wirklich was von Wein versteht, aber Gottfried nahm die Geschichte ernst und lernte, wo und von wem es nur ging.

Er hatte nicht nur zwei große Häuser bauen lassen, sondern auch noch zwei kleinere für Mägde und Knechte sowie alles weitere an Stallungen und Scheunen und Kellern, was er für notwendig erachtete.

Max, der Sohn des Herzogs, war von der Möglichkeit, angehende Diplomaten hier eine Art Schule durchlaufen lassen zu können, mehr als begeistert.

„Die Politik unserer Familie," legte er dar, „war schon immer : Reden und überzeugen, einheiraten und erben, das ist tausendmal gelungener als einen Krieg führen. Statt alles kaputtzuschlagen lieber den Wohlstand mehren. Herr Gottfried, Ihr habt keine Ahnung, wie wertvoll Euer Handeln für uns alle ist. Wenn Ihr die Anzahl der geschickten Diplomaten, die Menge der erfolgreichen Botschafter auch nur um ein Viertel anreichern könnt durch Eure Schulung, dann habt Ihr mehr für Land und Volk getan als jeder noch so tüchtige Feldhauptmann."

Aus Tiara und Anna wurden unzertrennliche Freundinnen. Die Mägde, die als Kindermädchen für die beiden verantwortlich waren, konnten sich nie beklagen über mangelnde Bewegung oder zu wenig Frischluft, die beiden Mädchen waren ständig unterwegs, von der Burg zum Weingut und vom Weingut zur Burg.

Und Gottfried war fasziniert von einer Witwe, die ein paar Jahre jünger war als er und, obwohl sie nie in ihrem Leben aus diesem Tal fortgekommen war, doch schon so viel mitgemacht hatte. Vier Kinder hatte sie zur Welt gebracht und alle waren sie an schlimmen Krankheiten gestorben, ihr Mann war bei einem Unfall mit einem schweren Fuhrwerk umgekommen. Trotz allem war sie freundlich geblieben und liebenswert, nicht verbittert.

Ihren Bauernhof hatte sie einem Neffen übergeben und dieser hatte dafür versprochen, für sie zu sorgen.

Gottfrieds Werben hatte raschen Erfolg, denn auch er gefiel ihr. Vor allem war er natürlich glücklich, dass sie sich mit Tiara glänzend verstand. Nun hatte er eine Frau, die sich um alles im Hause kümmerte, nun hatte sie einen Mann, auf den sie vertrauen konnte und dazu endlich eine eigene Enkelin, für die sich alles Leben und Werken lohnte, und das Mädchen hatte nicht nur Großvater, sondern auch eine Großmutter.

* * *

Zwei der jungen Mönche, die mit Petrus bei Mekkas Untergang dabei waren, erhielten kurze Zeit später einen gemeinsamen Auftrag. Auf der Anreise zu ihrem Zielort unterhielten sie sich über alles Mögliche, was jeder schon im Dienst erlebt hatte.

Als sie sich an das eigenartige Begräbnis von Mekka zurückerinnerten, fragte der eine :

„Was meinst du, werden die Leute in Fulinpach jemals merken, dass in dem Sarg der fette Fürst-Bischof lag ?"

Der andere schüttelte den Kopf.

„Nie und nimmer. Das Moor gibt nichts wieder her. Nein, da hat unser Kardinal schon richtig gedacht, der ist auf ewig spurlos verschwunden."

* * *

In Rom, in einem unscheinbaren Seitenteil des Lateran, saßen zwei Kardinäle, ranggleich, doch von völlig verschiedenem Habitus. Der eine, schlicht in Mönchskutte gekleidet, war als Aktiver der Befehlshaber im südlichen Teil des herzoglichen Gebietes. Der andere, in protzigem Gewand mit zahlreichen Schmuckstücken an Hals und Finger, war der Koordinator des geheimen Dienstes der Kirche.

Letzter machte etwas, das er noch nie in seinem Leben bei einer Besprechung getan hatte.

Er lachte so laut, dass es sein Diener draußen auf dem Flur hörte.

Er brüllte vor Lachen und bekam fast keine Luft mehr.

Als er sich einigermaßen beruhigt hatte, klatschte er sich zweimal auf seine fetten Schenkel.

„Ich kann es nicht fassen ! Ich kann es nicht fassen ! Das ist die köstlichste Geschichte, die ich je gehört habe."

Er sah Petrus an, als ob er sich alles noch einmal bestätigen lassen wollte und wieherte noch einmal vor Lachen.

„Mit mohammedanischem Ritus beerdigt! Mit dem Kopf Richtung Osten! Dieser Einfaltspinsel von Fürst-Bischof als Muslim unter die Erde gebracht! Köstlich! Ein würdiges Abtreten für einen unserer größten Trottel."

Er wischte sich zwei Lachtränen aus den Augen.

„Zu schade, dass diese Geschichte unter uns bleiben muss. Zu schade! Das wäre was für die Ohren der hohen Gesellschaft beim nächsten Bankett, aber na ja, das geht nun mal nicht. Was glaubst du, Petrus, was wird Gott im Himmel dazu gesagt haben, falls er zugeschaut hat? Ob der auch so einen Lachanfall bekommen hat wie ich? Oder wird ihm Allah beleidigt sein? Köstlich, köstlich, muslimisch beerdigt."

* * *

Stephan und Raimund waren auf dem Weg zur Residenz. Sie sollten Max, dem Sohn des regierenden Herzogs, berichten über die Lage in Tiers, vor allem natürlich über die ersten durchgeführten Schulungen für angehende Diplomaten.

Sie unterhielten sich über dies und jenes.

„Was meinst du," fragte Raimund grinsend, „werden diese Heiligenverehrer, die solche Unsummen für ihre Reliquien ausgeben, jemals merken, dass sie die Knochen von verstorbenen Juden anbeten?"

Stephan grinste auch und schüttelte den Kopf.

„Wie sagt unser Herr Vater immer: Wer beschissen werden will, der kriegt seine Portion. Nein, ehrlich, ich glaube nicht, dass die das je merken. Eher ist das so, dass sie den niedermachen, der so etwas behaupten würde."

Er zuckte mit den Schultern.

„Genau die, die alles das glauben, was ihnen Religionslehrer vorsetzen, glauben auf der anderen Seite niemals anderen, und wenn die noch so recht haben."

* * *

Wie schon so oft in letzter Zeit saßen Stephan von Tiers, der Burgherr, und Gottfried, der neue Gutsherr und Begründer der Diplomaten-Schule, bei einem abendlichen Weinstündchen zusammen. Immer mehr stellten sie fest, dass sie sich nicht nur ausgezeichnet verstanden, sondern auch wirklich gute Freunde geworden waren.

Mittlerweile kannte also nicht nur Stephan Gottfrieds Lebensgeschichte, auch Gottfried hatte alles aus Stephans Leben erfahren, und die Kenntnis, dass beide sehr schwere Zeiten durchgemacht hatten, festigte die Freundschaft nur noch mehr.

„Ich bin so weit," Gottfried nippte an seinem Kelch und fuhr fort, „ich bin so weit, übrigens ein ausgezeichneter Roter, der meine wird hoffentlich genauso, also ich bin so weit, dass ich mit Religion auch nichts mehr am Hut habe. Und das darf ich sagen, ich weiß mehr davon als alle Priester oder Propheten, ich war gleichzeitig Christ und Muslim. Ich habe nun sehr oft nachgedacht, wenn ich Tiara beobachte beim Spielen, wenn ich sie anschaue, wenn sie in ihrem Bettchen sorglos und ruhig schläft. Alles Unglück in meinem Leben, nein, so egoistisch darf ich es nicht ausdrücken, alles Unglück, das über meine Familie kam, dafür trugen doch nur die Religionen Schuld.

Und wie viele Familien, wie viele Menschen wurden denn noch von den Religionen ins Unheil gestürzt? Lässt sich das zählen?

Und deshalb sage ich dir, Stephan, AUF DIESER WELT WIRD ES ERST FRIEDEN GEBEN, WENN ES KEINE RELIGIONEN MEHR GIBT!"

* * *

Der Zufall wollte es, dass genau am selben Abend in der Stadt Ka-i-ra Faruk-al-Faouzi und sein Freund Salim zusammensaßen. Wie so oft sprachen sie über den Mann, mit dem sie so lange in treuer Freundschaft verbunden waren, über Sabur.

„Bei den alten Griechen wärst du kein Politiker geworden," Salim lächelte, „du hättest garantiert Erfolge gefeiert als Theater-Schreiber. Ich werde nie vergessen, wie wir das erste Mal von Ka-i-ra heimkehrten nach Cordoba und du Sabur deine Geschichte auftischtest von dem alten weisen Mann."

Auch Faruk lächelte, allerdings wehmütig.

„Wenn man einem Freund helfen will und das nicht darf, dann muss man die Geschichte des Lebens umschreiben. Mit dieser Prophezeiung habe ich die Grundlage geschaffen für alles Weitere. Wenn ich helfen will und niemand darf es merken, auch der nicht, für den ich das alles tue, dann, da hast du recht, dann kann ich kein Politiker sein, dann muss ich in die Rolle des Theaterschreibers schlüpfen."

Eine Weile war es ruhig zwischen den beiden, jeder hing seinen Gedanken und Erinnerungen nach.

„Wie wird es Sabur jetzt gehen ?" fragte Salim sinnierend.

„Sabur gibt es nicht mehr, er heißt jetzt nur noch Gottfried," antwortete Faruk, „aber ich bin davon überzeugt, dass er sein Glück gefunden hat."

Salim nickte.

„Dafür hast du ja reichlich gesorgt. Aber sage mir, glaubst du, dass Sab.., dass Gottfried jemals merken wird, dass wir ihm ein fremdes Kind untergeschoben haben ?"

Faruk-al-Faouzi schüttelte energisch den Kopf.

„Nie wird er das merken, nie. Das Kind ersetzt ihm seinen verlorenen Sohn, und er wird das Mädchen lieben und es zeitlebens als seine eigene Enkelin ansehen. Er kann gar nicht anders, denn er war ja sein ganzes Leben auf der Suche nach dieser Liebe. Dieses kleine Waisenmädchen, das war die Krönung meines Theaterstückes. Die Kleine wird ihm die Liebe geben, die er immer gesucht hat und, glaube mir, die Liebe, die sie in ihm erweckt, die wird ihn nie an dem Kind zweifeln lassen. Allah hat mir leider eigene Kinder versagt, aber eines weiß ich und aus diesem Grund habe ich für unseren Freund all dies Theater inszeniert : AUF DIESER WELT WIRD ERST DANN FRIEDEN HERRSCHEN; WENN WIR ALLE KINDER DIESER WELT, EGAL OB ARM ODER REICH, EGAL OB MUSLIM ODER CHRIST ODER JUDE, WENN WIR ALLE KINDER DIESER WELT ALS DIE UNSEREN BETRACHTEN !"

* * * * *

Erklärung : Den Erzählungen im Mangfalltal nach sind im Moor zwischen Au und Feilnbach zwei Dörfer versunken. Das eine hieß Kaltafa und das andere Mekka. Woher diese Namen stammen und ob es sich wirklich um ganze Dörfer gehandelt hat, weiß niemand. Ich habe für diese Geschichte daraus zwei Gutshäuser gemacht, und der Name Mekka bot sich natürlich für einen muslimischen Bezug an.

∎∎

Weitere Bücher des Autors :

„Denn mein ist die Gerechtigkeit der Rache"
Für den jungen Ritter und Grafensohn Raimund von Bogen, Berufs-mörder im Auftrag des Herzogs, wird das Leben gefährlich, als er einer kirchlichen Geheimorganisation in die Quere kommt. Roman über die Farben weiß und blau im bairischen Wappen.
ISBN 978-3-8370-8403-0

„Und hüte dich vor den Mönchen"
Raimund von Fulinpach und Stephan von Tiers, Rekruten im herzog-lichen geheimen Dienst, bekamen von ihren Eltern die gleiche mysteriöse Warnung. Was war vor zwanzig Jahren geschehen ? Eine unheimliche Gefahr bedroht Tiers.
ISBN 978-3-8370-8615-7

„Der Janitschar von Salzburg"
Raimund von Fulinpach und Stephan von Tiers, die beiden jungen Ritter aus dem herzoglichen geheimen Dienst, werden an die Kirche ausgeliehen. Sie sollen mysteriöse Anschläge auf den Fürst-Bischof zu Salzburg aufklären und stoppen. Bald geht es für die beiden selbst um Leben und Tod.
ISBN 978-3-8370-8616-4

„Femegericht im Inntal"
Gefesselte Leichen im Inn mit eingebranntem F auf der Stirn. Die Angst geht um. Ein Fall für Raimund von Fulinpach und Stephan von Tiers, dem erfolgreichen Duo aus dem herzoglichen geheimen

Dienst. Für Raimund ist der Einsatz doppelt wichtig, denn er ist der neue Burggraf auf der Feste Kufstein.
ISBN 978-3-8370-3449-3

„Der Thör vom Samerberg"
Merkwürdig – nur Kinder von Bergbauernhöfen sind spurlos verschwunden. Man weiß keine genauen Zahlen, rechnet aber im Gebiet vom Samerberg bis Berchtesgaden mit über zwanzig solchen Fällen. Gemeinsam mit Mönchen aus dem Kloster Berchtesgaden sowie einem Trupp Zigeuner nehmen Raimund von Fulinpach und Stephan von Tiers, die beiden jungen Ritter aus dem herzoglichen geheimen Dienst, eine verzweifelte Suche auf. Als es um Leben oder Tod geht, spielt ein einfacher, armer Bergbauer vom Samerberg die entscheidende Rolle.
ISBN 978-3-8391-1677-7

„Der Schwarze Mann von Rosenheim"
Die Bewohner des Marktes Rosenheim werden von einem Unheimlichen terrorisiert. Bei einem Auftrag, der die beiden jungen Ritter Raimund von Fulinpach und Stephan von Tiers aus dem herzoglichen geheimen Dienst bis in das Land der Magyaren führt, finden die beiden die Wurzel des Übels.
ISBN 978-3-8423-5408-1

Kinderbücher :

„Der geerbte Troll"
Familie Pfeiffer erbt ein altes Haus im Dörflein Au. Was die Großen nicht merken, wohl aber Annemarie : Sie haben mit dem Haus auch einen Troll geerbt. Und der kann alles ganz schön durcheinander bringen.
ISBN 3-86548-396-8

„Geteilter Troll ist doppelte Freundschaft"
Die Leute wissen es gar nicht, aber an allem, was im Dorf Au Besonderes passiert, ist ein Troll schuld. Den kennen nur Annemarie und ihr Freund Achim. ISBN 978-8-3702-1776

„lauter kleine geschichten für lauter kleine leute"
Geschichten zum Vorlesen oder Selberlesen, vom kleinen Feuerwehr-
mann, vom kleinen Affen, vom kleinen Riesen, vom kleinen Ritter,
vom kleinen Buchstabendieb und manchen anderen.
ISBN 978-3-8370-8412-2

Humorvolles aus der Region :

„Sieben Leichen auf der Rosenheimer Bowlingbahn"
Sieben Leichen auf der Bowlingbahn, ist das nicht ein bisschen viel ?
Kriminaloberkommissar Wernfried Lanzelot Kobbs, von seinen Kol-
legen im Landkreis liebevoll ‚Rosenheim-Kobbs' genannt, hat einen
schrecklichen Verdacht.
ISBN 978-3-8370-8822-9

„Rettet das Vaterland ! Oder wenigstens das Dörflein Au."
Einer der meistgesuchten Terroristen hinterlässt zwar regelmäßig
eine Spur, aber die Geheimdienste kommen ihm nicht auf dieselbe.
Da bekommt das Rentnerehepaar Isolde und Isidor Bachmeier aus
dem Dörflein Au am Fuße des Wendelsteins einen Auftrag vom Bun-
desnachrichtendienst, und die beiden führen die Jagd auf ihre Weise.
ISBN 978-3-8448-1810-9

Kriminalromane :

„Kommissar Batdorj und die alten Helden von Chowd-Aimag"
Sie waren einst die Besten der Besten, gefürchtet in der ganzen
Welt, Spezialisten der Sowjetischen Roten Armee. Sie arbeiteten
weltweit, leise und mit tödlicher Sicherheit. Im Kampf gegen Korrup-
tion und Organisiertes Verbrechen zieht Kommissar Batdorj mit
ihnen ungewollt ein Ass aus dem Ärmel : Die alten Helden von
Chowd-Aimag.
ISBN 978-3-7322-3512-4

„Kommissar Batdorj und der gestohlene Fluch des Dschingis Khan"
Ein gestohlener Fluch - für den brummigen Chowder Kommissar ein geradezu lächerlicher Fall. Doch es wird ein Albtraum daraus, der sogar die Regierung der Mongolei bedroht. Und obwohl Batdorj die Unterstützung des Geheimdienstes erhält, kommt er den mysteriösen Tätern nicht auf die Spur. Das ändert sich erst, als ein emeritierter Professor aus dem fernen Bayernland auftaucht. Handfest wird die Geschichte dann durch die Mithilfe von Bewohnern eines Altenheimes für ledige Offiziere, allesamt ehemalige Spezialisten der früheren Roten Armee, die im Umgang mit Waffen nicht ganz so zimperlich und gesetzestreu sind wie der Kommissar.
ISBN 978-3-7386-0917-2

„Fiasko in Rom"
Ein biederer Volksschullehrer aus dem kleinen Dorf Au macht sich in Rom auf die Suche nach den großväterlichen Wurzeln und stolpert in den Krieg zwischen Mafia und Geheimdienst. Als die Hauptperson auf der Seite der Guten erschossen wird, lässt sich er sich dazu überreden, an vorderster Front mitzumischen.
ISBN 978-3-8391-0626-6

Demnächst erscheint :

„Satansbraten und Lindwürmchen"
Ein Büchlein für Kinder von 18 bis 88